Un stratagème nuptial

1

Son fiancé ne viendrait pas.

Monica le savait, quelque part, quand elle composa le numéro de Francesco pour la dernière fois. La tonalité se fit entendre à l'autre bout du fil, comme c'était le cas depuis une heure. Chaque appel sans réponse lui donnait l'impression d'avoir été piétinée par la horde de touristes sans foi ni loi qui hantaient toujours la piazza.

Elle était oubliée et abandonnée. Comme d'habitude.

Non. Peut-être Francesco avait-il eu un accident ? Il conduisait toujours sa vespa comme un fou. Et s'il avait été en train de se vider de son sang à quelques rues d'ici ? Pourquoi ne répondait-il pas à ses appels, s'il n'était pas en danger ? Il s'était passé quelque chose, c'était évident.

Plantée devant le magnifique hall Sala Degli Specchi du Palazzo Reale depuis deux heures (elle était arrivée en avance), dans la robe bouffante qu'elle avait achetée en ligne, elle commençait à attirer une attention bien indésirable.

Déjà, il fallait dire que la robe ne ressemblait pas du tout à la photo du site, avec sa texture plastique et son horrible odeur chimique. Monica commençait à en avoir la migraine. Elle avait enfreint tous ses principes et volé un sachet de lavande dans les toilettes privées de son patron pour le presser entre les couches de jupons, mais l'odeur était plus tenace que le parfum des fleurs séchées et s'accrochait maintenant à sa peau. Elle s'en souviendrait sûrement comme de la fragrance du désespoir. Et c'était compter sans cette impression de démangeaison…

Bon, c'était vrai, elle n'avait pas payé cette robe très cher, pas alors qu'elle avait dépensé toutes ses maigres économies pour la réservation du petit studio dans lequel elle et Francesco devaient emménager cette semaine. Une nouvelle maison, même minuscule, une nouvelle vie, avec quelqu'un qui voulait vraiment être à ses côtés… C'était ce dont elle avait toujours rêvé.

Avec un soupir frustré, Monica repoussa le voile ridicule qu'elle avait reçu avec la robe et ravala ses larmes. La chaleur du soleil de juin était sans pitié et faisait sans aucun doute couler sa crème solaire et son maquillage. Elle devait avoir l'air caricatural de la mariée abandonnée et pathétique. Non, elle refusait de croire que Francesco ait pu faire une chose pareille. Elle l'avait vu hier soir, et si ses baisers avaient été plus désespérés, s'il l'avait supplié de lui faire l'amour avec plus que son urgence habituelle, il avait aussi déclaré qu'il était impatient de commencer enfin sa vie avec elle.

Elle ne le connaissait que depuis deux mois, mais ils avaient un nombre incroyable de choses en commun. Ils étaient tous deux orphelins et avaient vécu en famille d'accueil aux quatre coins de leur pays – elle, aux États-Unis, et lui, en Italie. Tous les deux désiraient fonder une famille, trouver enfin leur place. Comme elle, Francesco adorait l'art, l'histoire et les langues, et lors de leur première rencontre ils avaient parlé pendant des heures ; dès ce soir-là, elle avait décidé qu'elle était forcément folle amoureuse. Il avait confessé, avec son incroyable charme européen, qu'il ressentait la même chose. Pendant les semaines qui avaient suivi, ils s'étaient vus au moins trois fois par semaine – pas plus, car son patron avait besoin de son assistante à toute heure du jour et de la nuit, et Monica ne le décevait jamais. Même lui, avec son éternel froncement de sourcils, ses manières brusques et son emploi du temps d'accro au boulot, avait remarqué qu'elle flottait sur un petit nuage et lui en avait demandé la cause.

Puis, une semaine plus tôt, Francisco l'avait demandée en mariage à cet endroit précis, devant le palais, avec ce sourire si charmant, si provocant, ce même sourire qui l'avait plus d'une fois tentée de briser une de ses précieuses règles, celle de ne pas avoir de relations sexuelles avant qu'elle se sente réellement prête.

Elle avait toujours été un peu ennuyeuse... Incapable de prendre des risques, elle le savait. On pouvait compter sur elle, c'était certain. Elle se satisfaisait de vivre dans l'ombre, une préférence compliquée par les gènes de ceux qui l'avaient laissée à l'orphelinat quand elle était bébé mais lui avaient légué, comme seul héritage, leur beauté.

Bien sûr, elle n'était pas mécontente d'avoir le visage symétrique, de jolis traits, une peau naturellement dorée, des yeux félins et d'une couleur si unique, tirant sur le jaune ; mais c'était son corps qui avait toujours attiré la pire des attentions, d'abord de la part des garçons dans toutes ses familles d'accueil, puis des hommes, même ceux qui étaient censés protéger et choyer une adolescente sans famille.

Mais son corps et son visage avaient aussi attiré Francesco. Francesco, qui était si drôle et charmant et sexy. Elle ne pouvait pas le déplorer. Elle prenait tout trop au sérieux, et il prenait tout à la légère, allant de pari en pari. Peut-être était-ce pour cela qu'il était en retard : avait-il simplement prévu une surprise de dernière minute, une activité dangereuse pour leur lune de miel ?

Oui, c'était sans doute cela. Il était en retard. Juste en retard. Il n'avait pas l'intention de l'abandonner devant l'autel. Il n'avait pas prévu de l'abandonner, comme tout le monde finissait toujours par faire.

Plus d'une femme lui avait jeté un regard plein de pitié ; plus d'un homme l'avait sifflée et avait ri d'elle en passant, en lui proposant de rester pour la nuit de noces. Après avoir étudié l'italien pendant deux ans à New York, dans une université de nuit, elle était partie à Milan, où elle vivait depuis quatre ans. Si beaucoup devaient la prendre pour une touriste idiote, elle comprenait sans peine la langue et les nuances des murmures qui fleurissaient autour d'elle.

Et puis enfin, enfin, son téléphone se mit à sonner.

— Francesco ? Tu es en retard, dit-elle sans pouvoir retenir un éclat d'agacement. Nous avions rendez-vous il y a une heure. Rejoins-moi vite, ils sont d'accord pour...

— Désolé, *mia cara*. On vient de me proposer une occasion en or et tu sais comme je travaille dur pour mettre la main sur un peu de cash, *si* ?

— Oui, murmura Monica en levant les yeux au ciel pour retenir les larmes qui lui brûlaient les paupières. Et je te soutiens, Francesco, mais je t'attends. Au Palazzo Reale.

— Ahh... Malheureusement, cela veut dire que je vais devoir repousser le mariage. Au moins pour un an.

Malheureusement. *Malheureusement* ? Monica cligna des yeux, sous le choc. Elle se souvenait de son voyage scolaire en Floride, avec sa classe, lorsqu'elle avait douze ans. Pendant tout le séjour, ses camarades lui avaient rappelé qu'ils lui avaient fait l'aumône et que leurs parents avaient tous dû payer un peu plus pour qu'elle puisse venir avec eux. Elle avait gardé la tête haute : c'était la première fois qu'elle voyait autre chose que l'orphelinat, les maisons d'accueil et l'école ; mais Olivia Kent avait fini par lui tenir la tête sous l'eau boueuse du bayou parce que Timothy Evans lui avait souri dans le bus.

Elle ressentait exactement la même chose, à cet instant précis. Privée d'air, à se débattre sous l'eau sans pouvoir revenir à la surface.

— Je ne comprends pas, Francesco. Pourquoi ton travail nous empêcherait de nous marier ? Si tu veux, je peux demander un emprunt à mon patron...

— Pas la peine. Tu ne voulais pas lui demander, de toute façon, non ? Maintenant, je n'ai plus besoin de l'aide de ce poseur. Et puis, le mariage, c'était ton idée...

— Quoi ? C'est toi qui m'as demandée en mariage ! Tu voulais qu'on vive ensemble ! Tu m'as laissée payer...

— Oh ! ça va ! Je te les rendrai, tes trois francs six sous, va. Je ne suis pas le genre d'homme qui dépend d'une femme, de toute façon. Surtout quand elle est aussi collante. Tu n'en as pas assez de me servir comme une bonniche, Monica ? De te jeter à ma tête ainsi ? Tu cuisines, tu fais ma lessive, tu me donnes de l'argent. Tu es vraiment une proie trop facile, tu sais ?

Monica l'écoutait sans mot dire, foudroyée sur place. Francesco la trouvait *collante*. Elle s'était *jetée à sa tête*.

— Tu es très belle, Monica, et tu as un corps incroyable. Tu es toujours souriante. Je me dis, hé, pourquoi ne pas passer du temps avec une Américaine sexy qui a de bonnes connexions à Milan ? Mais ce n'était pas pour toujours. D'autant plus que tu ne veux pas coucher avec moi. C'est bien la seule chose que tu…

Les mains tremblantes, Monica interrompit brutalement l'appel et lutta contre l'envie irrépressible de jeter son portable dans la fontaine.

Mais non, elle ne pouvait pas faire une chose pareille. C'était son téléphone de travail. Qu'allait-elle faire ? Passer sa frustration sur un accessoire professionnel, puis demander au département technique de lui allouer un remplacement ? Et pendant ce temps, elle risquerait de rater un appel de son très important, très exigeant patron. Impossible, surtout puisque M. Valentini pouvait décider d'annoncer ses fiançailles à son ex, Mme Chiara Rossi, d'une minute à l'autre. Il avait fait traîner les choses pendant déjà six semaines, alors que la fusion entre Valentini Luxury Goods et la compagnie du père de Chiara, Brunetti Leathers, se rapprochait à grands pas. Mme Rossi l'avait même prise entre quatre yeux pendant un cocktail pour lui passer l'envie de séduire son patron, comme si toutes les assistantes ne rêvaient que d'enjôler leur supérieur.

Elle rempocha son téléphone en retenant un rire vaguement hystérique. Elle avait trop chaud, elle avait le vertige, elle venait d'être abandonnée par son propre fiancé, et elle trouvait tout de même le temps de s'inquiéter d'être joignable pour son travail. Mais la fébrilité qu'elle ressentait toujours au nom de M. Valentini ne suffit pas, cette fois-ci, à lui faire oublier le lourd fardeau de la peine.

Andrea Valentini, le PDG de Valentini Luxury Goods, n'avait pas pour habitude de s'impliquer dans la vie personnelle de ses employés.

La plupart du temps, il peinait à se souvenir de leur prénom et de leur statut familial. Il se concentrait sur leurs compétences, leur efficacité et leur loyauté. Il n'avait pas besoin d'en savoir plus, et il n'avait pas le temps ou la capacité de s'adonner à une curiosité importune. Voilà pourquoi, deux ans plus tôt, quand un autre de ses assistants avait démissionné, il avait sauté sur l'occasion de promouvoir la sauveuse de sa mère, la ressource humaine ambulante qu'était Monica D'Souza.

Il se targuait de voir les gens pour ce qu'ils étaient, et, comme d'habitude, il avait eu raison. Pendant sa convalescence à l'hôpital, après qu'elle eut sauvé sa mère d'un dangereux agresseur, elle avait fait preuve devant Andrea de sa magie : petit génie des langues, solide jongleuse de chiffres et organisatrice interpersonnelle hors pair, elle était un véritable joyau. Il lui avait proposé un poste parmi les assistants junior de son bureau, un prix somme toute bien bas pour avoir porté secours à sa mère. Comme il s'y était attendu, son esprit aiguisé et son talent extraordinaire en matière de diplomatie lui avaient immédiatement facilité la vie ; enfin, il pouvait se consacrer à son travail. Pour sa peine, elle avait gravi les échelons de l'entreprise à vitesse grand V, jusqu'à ce qu'il n'ait plus d'autres choix que de la voler à un autre service pour son assistance particulière. Aujourd'hui, Mlle D'Souza gouvernait sa vie professionnelle, et aussi sa vie personnelle – pour le peu qu'il en avait. Elle l'avait rendue accessible aux yeux des médias, sympathique à ceux des actionnaires, et avait même amélioré son rapport avec sa famille.

Il n'avait jamais eu à se plaindre d'elle, jusqu'à ce qu'elle rencontre Francesco Ricci, quelques semaines auparavant. Andrea avait vu venir Ricci à des kilomètres : un arnaqueur au sourire charmeur. Il ne comprenait pas comment Mlle D'Souza avait pu se laisser berner aussi facilement. Et bien qu'il eût été on ne peut plus agacé de la voir gaspiller ses sourires sublimes et ses compliments trop généreux sur un vaurien pareil, il avait choisi d'ignorer ce flirt sans conséquences. Elle était sans doute naïve, mais elle était jeune, à vingt-trois ans. Elle méritait de s'amuser, même si elle avait décidé de le faire avec un voyou qui ne méritait même pas d'embrasser son petit orteil.

Seulement voilà, sa mère lui avait bientôt fait savoir que Francesco avait non seulement demandé Mlle D'Souza en mariage, mais qu'il l'avait aussi convaincue de lui confier toutes ses économies pour louer le taudis dans lequel il voulait vivre. D'instinct, Andrea avait ordonné à son chauffeur de le conduire jusqu'à l'immeuble, situé dans un quartier dangereux et misérable, et avait immédiatement compris que Francesco avait escroqué Mlle D'Souza. S'il ne s'était agi que de cela, Andrea aurait fait appel à ses contacts et envoyé le goujat en prison en moins de temps qu'il n'en faut pour le dire. Mais non, Francesco avait trouvé la poule aux œufs d'or et avait de toute évidence l'intention de continuer à plumer sa toute nouvelle fiancée pour le restant de ses jours. Après tout, elle était promise à un avenir plein de succès, et elle avait des liens forts avec sa propre famille. Bien sûr, Andrea ne pouvait pas le laisser mettre son plan à exécution.

Et voilà comment il était arrivé là, après avoir demandé à un de ses collaborateurs de payer Francesco pour qu'il rompe avec Mlle D'Souza. Peut-être était-ce cruel, mais il espérait que ce fiasco soignerait Mlle D'Souza de la confiance aveugle qu'elle avait dans le genre humain.

Cependant, réparer les pots cassés ne suffisait pas : il avait aussi promis à sa mère de s'assurer que la jeune femme aille bien, après ce choc – même si, soyons honnêtes, se retrouver avec une femme désemparée sur les bras était la dernière chose dont il avait besoin.

Comme s'il n'avait pas assez à faire avec les machinations de son ex, qui travaillait à lui faire accepter un mariage forcé en bonus de la fusion avec Brunetti. À une autre époque, Andrea aurait tout fait – *avait* tout fait – pour gagner le cœur et la main de Chiara. Mais elle avait choisi un autre homme, un homme qui pouvait lui offrir le mode de vie auquel elle était habituée. Malheureusement pour elle, le pari n'avait pas porté ses fruits comme prévu, et son mari avait eu le temps d'enchaîner plusieurs déconfitures commerciales avant de mourir dans un accident.

Et maintenant, sa propre mère, le père de Chiara et Chiara elle-même s'attendaient visiblement à ce qu'ils reprennent leur relation là où ils l'avaient laissée, dix ans plus tôt. Dans le cas contraire, la fusion n'aurait pas lieu, avait osé déclarer Brunetti senior quand Andrea n'avait pas immédiatement bondi de joie à l'idée d'épouser sa progéniture.

Que Brunetti exige ainsi de lier un mariage au destin de leurs entreprises le faisait bouillir. Andrea avait tout donné pour mettre en place cette fusion. Pour l'instant, il n'avait pas trouvé de solution à ce casse-tête. Il voulait dire non sans dire non, sans briser l'équilibre fragile de ses négociations avec le père de Chiara.

Il s'enfonça contre la banquette de la voiture, les dents serrées, et laissa son esprit revenir à Mlle D'Souza. Soudain, la sauver des griffes d'un aventurier sans scrupule était moins une corvée qu'une distraction bienvenue. Au moins, avec elle, Andrea savait qu'il n'y avait pas de faux-semblants, pas de séduction cupide, pas de stratagèmes maritaux venus d'un autre temps. Rien d'autre qu'une bonne foi sincère, enveloppée dans un corps de déesse.

Monica passa en revue les quelques contacts de son téléphone, sa traîne tenue dans une main, tremblante des pieds à la tête, et le dos brûlant au soleil.

Elle était... désemparée. Désemparée et perdue. La réalité de la situation, c'était qu'elle n'avait nulle part où aller.

Elle sortit sa bouteille thermos de son sac, avala la dernière gorgée d'eau, et pressa le métal froid contre sa joue. Elle aurait voulu arracher cette robe stupide et sauter dans la fontaine, s'immerger de la tête aux pieds dans l'eau froide, laver cette journée infernale.

Elle se tourna pour jeter un coup d'œil à son dos, qui lui faisait l'effet d'avoir été chauffé au fer rouge, mais sans succès. Elle ne voyait pas grand-chose. La sueur lui piquait les paupières ; elle avait la nausée. Bien sûr, il faisait chaud, mais ce n'était pas son premier été à Milan : elle n'avait jamais eu l'impression qu'on avait passé des heures à frotter des allumettes sur sa peau ni eut ainsi le vertige. Quelque chose n'allait pas.

Et elle ne pouvait appeler qu'une personne, la seule qui avait toujours été là pour elle pendant quatre ans. Flora Valentini l'accueillerait à bras ouverts... Mais une étrange réticence l'arrêta. Flora confierait tout ce qu'elle savait à son fils et, à l'idée qu'Andrea Valentini découvre la situation pathétique dans laquelle elle s'était fourrée, Monica manqua de s'embraser de honte.

Mais soudain, une Bugatti familière apparut au bout de la rue. Monica se redressa. Ses derniers doutes s'évaporèrent quand le chauffeur se gara devant les hautes marches du Palazzo Reale sans se soucier de bloquer la circulation.

Comme si son patron avait tous les droits.

Ce qui n'était pas faux.

Et Monica comprit que cette journée avait encore une douloureuse humiliation à lui faire subir. Le cauchemar n'était pas tout à fait terminé.

2

Elle aurait dû avoir l'air pathétique.

Si Andrea était honnête avec lui-même, elle avait l'air *un peu* pathétique. Mais, debout sur les marches, dévisagée par les passants moqueurs, dans cette horrible robe meringue étouffée de dentelle et de froufrous qu'une femme comme Chiara n'aurait même pas portée sous la menace, Mlle D'Souza avait aussi l'air très courageuse. Comme si elle avait mené bataille avec bravoure et perdu avec honneur.

Il aurait dû envoyer son chauffeur, Pascale, passer la prendre et, si elle le contrait avec cette résistance inutile et fière qui traduisait si bien son cœur passionné, l'autoriser à la jeter sur son épaule pour aller la déposer dans les mains capables de Mama sans autre forme de procès.

Mais quelque chose l'en avait empêché – un sursaut du destin, un remous dans la texture de l'univers, comme son frère aimait le dire en philosophant –, et Andrea décida de sortir lui-même de la voiture et d'aller prendre son triste fardeau en personne.

Un instinct qu'il ne se connaissait pas s'était éveillé en lui lorsqu'elle avait croisé son regard au-dessus de la vitre tout juste baissée, et qu'elle avait levé le menton. Il la voyait trembler et suer, engoncée dans cette robe comme une mariée de mauvais roman gothique, abandonnée devant un château hanté… Sur le moment, il oublia tout, sauf ce qu'il fallait faire pour la sauver d'elle-même.

Il leva une main pour que son chauffeur amorce déjà leur

demi-tour sur le carrefour encombré, conscient d'attirer l'attention. Il n'avait pourtant pas pour habitude de se donner en spectacle. Il était une figure bien connue à Milan : c'était lui qui avait transformé une petite entreprise de maroquinerie en une véritable machine à milliards, ressuscitant du même coup une économie régionale agonisante, et son visage était devenu le symbole de son succès. Mais instrumentaliser son pouvoir et son prestige n'avait jamais été son genre.

Cependant, quelque chose d'irrésistible l'attirait sur la place, et, pour une fois, il ne prit pas le temps d'estimer les risques avant de se lancer en avant.

Il atteignit enfin son assistante. Lorsqu'elle baissa les yeux sur lui, à quelques marches encore, un éclair le foudroya. La coiffure qu'elle avait choisie pour l'occasion s'était défaite dans le chaos, et la soyeuse cascade brune ruisselait jusqu'à sa taille. Sa peau était rouge, son teint inégal, ses lèvres étaient sèches, comme si elle avait marché sous le soleil sans avaler une goutte d'eau.

Même avec ses extravagantes manches ballons et la dentelle qui florissait sur son décolleté, le bustier de la robe rendait hommage à ses seins hauts et à sa taille fine. Elle était grande, mais elle était tout de même parvenue à trouver un jupon qui s'étalait largement autour d'elle, comme une glace qui aurait fondu au soleil ; d'un coup d'œil, il remarqua une longue déchirure dans l'ourlet de l'étoffe synthétique.

Il y avait bien plus alarmant, cependant : elle était rouge brique, des joues à la gorge, et semblait trembler malgré elle. Elle avait l'air à deux doigts de voler en éclats, vulnérable et frémissante sous les yeux avides des touristes et des locaux. Même la fierté de ce menton levé avait disparu. L'avait-il imaginé, ce dernier éclat de courage avant la défaite ?

— Allons-y, mademoiselle D'Souza, dit-il de ce ton brusque qu'il employait toujours, en espérant peut-être désamorcer le tumulte émotionnel qu'il sentait sur le point d'exploser.

Il n'avait aucune envie d'être dans les parages quand le barrage lâcherait et que les larmes couleraient.

Allons, allons. Il aurait dû être plus charitable. Il entendait presque le sermon que son père lui aurait murmuré : elle n'avait que vingt-trois ans et elle venait d'être cruellement abandonnée ; bien plus jeune que lui, et encore si peu habituée aux aléas de la vie. Comment pouvait-il manquer à ce point de compassion ?

Contrit, il tendit une main vers elle.

— Il n'y a aucune raison de rester ici, mademoiselle D'Souza. Venez.

— Je ne peux pas bouger, monsieur Valentini, répondit-elle de sa voix rauque qui, aujourd'hui, était aussi fine que du papier de soie. Pas tant que je n'ai pas enlevé cette horreur.

Andrea fronça les sourcils. Il inspira profondément car il voulait *vraiment* moduler son ton ; mais il fallait l'admettre, il commençait à regretter sérieusement d'être sorti lui-même de la voiture. Un désastre leur pendait au bout du nez, pour lui comme pour elle.

— Vous savez combien je détesterais faire une scène en public, mademoiselle D'Souza. J'ai déjà dû supporter les invectives de ma mère jusqu'à ce que j'accepte de venir vous chercher pour vous ramener chez elle. J'ai dû venir jusqu'ici, alors que j'étais au domaine de M. Brunetti, en dehors de la ville. Vous êtes bien consciente que la semaine a été difficile au travail, et combien votre absence m'a encore compliqué la tâche...

— J'ai juste besoin du canif que vous avez toujours sur vous, le coupa-t-elle.

Oh ! voilà qu'elle pleurait, des larmes silencieuses qui roulaient sur ses joues avant de briller, comme des perles, dans le creux délicat de sa clavicule... *Cristo*, cette femme était sublime même lorsqu'elle était, objectivement, insortable.

— Et ensuite, vous pourrez me laisser, oublier que vous êtes venu jusqu'ici, et retourner à votre suite climatisée et au contrat de Brunetti, reprit-elle. Si vous me faites cette faveur, je vous le promets, je me remettrai même au travail ce soir. Et bien sûr, je vous rendrai votre canif dès que possible. Je sais que c'est un cadeau de Mme Rossi.

Andrea haussa les sourcils, surpris qu'elle connaisse tant de détails. Oui, il avait gardé la lame que Chiara lui avait offerte dix ans plus tôt, et même sa mère n'en savait rien. Au début, c'était une gageure d'une sentimentalité stupide ; aujourd'hui, il était simplement attaché à la qualité exceptionnelle du couteau.

Non pas qu'il eût à se justifier auprès de Mlle D'Souza.

— Ne soyez pas ridicule. Je ne suis pas un monstre. Je ne vais pas vous demander de venir au bureau dans un état aussi... pathétique.

Et il avait encore une fois mal choisi ses mots. Il regretta immédiatement sa déclaration, et plus encore lorsqu'il vit Mlle D'Souza grimacer sous l'impact. Qu'est-ce qui n'allait pas, chez lui ? On l'avait décrit comme arrogant et impitoyable, mais la cruauté gratuite ne faisait pas partie de son répertoire.

Sous ses yeux, elle leva de nouveau le menton. Cette défiance, plus tôt, il ne l'avait pas imaginée.

— Si ne vous voulez pas m'aider, laissez-moi tranquille.

— Qu'est-ce que vous allez bien pouvoir faire avec un canif, mademoiselle D'Souza ? Vous auriez dû prendre meilleur soin de votre argent et de votre cœur au lieu de faire confiance à un voyou pareil. La grande scène du deux est inutile.

— Attendez, comment savez-vous qu'il...

Elle ferma les yeux et inspira profondément. De nouveau, sa dignité discrète frappa Andrea de plein fouet.

Elle frotta son visage, son cou, puis rouvrit les paupières. Dans son regard, il découvrit une nouvelle lassitude qu'il détesta voir.

— Vous savez quoi ? Vous avez raison. Peu importe. Que Francesco m'ait abandonnée ici n'a pas plus ou moins d'importance parce que vous l'avez découvert et l'avez tout de suite utilisé pour me prendre de haut. Si vous voulez bien m'excuser, j'ai plein de choses à faire. Je suis navrée que Flora vous ait dérangé et je vous verrai demain, au bureau.

Il aurait dû la laisser partir ; il aurait dû tourner les talons. Après tout, il était heureux qu'elle montre un peu de rébellion. Mais cette journée était pleine de surprise, et, alors qu'elle le contournait pour descendre les marches, il se prit à saisir son poignet pour l'arrêter.

— Je ne vous prends pas de haut, insista-t-il, décidé à avoir le dernier mot. Et vous êtes...

Il s'interrompit. Sous ses doigts, elle était brûlante.

Il abandonna son poignet et, du dos de la main, toucha son front, puis son cou.

— Êtes-vous déshydratée ? s'enquit-il en se penchant sur elle, les yeux fixés dans les siens. Vous êtes rouge, vous transpirez... Vous avez besoin d'un médecin. Quelle idée, de rester plantée là pour vous disputer avec moi quand vous...

— J'ai besoin de votre canif, répéta-t-elle en le repoussant. Si vous avez une once de respect pour moi, écoutez-moi quand je vous dis que je sais ce dont j'ai besoin. Maintenant, Andrea.

C'est son prénom, dans sa bouche, qui le convainquit. Cette familiarité si facile, comme si elle l'avait prononcé des centaines de fois, alors qu'il avait toujours été, pour elle, *M. Valentini* : son nom de famille, brandi tel un bouclier, une muraille infranchissable. Mais aujourd'hui, porté par cette voix basse et soyeuse, le mot semblait intime et étrangement familier, comme le surprenant vestige d'un rêve à demi oublié.

— Je ne vous laisserai pas faire quoi que ce soit de dangereux, Monica.

Et son prénom, en retour, roula sur sa langue sans effort, comme s'il avait ouvert une porte jusque-là verrouillée, et qu'il ne pourrait jamais refermer.

La chaleur devait l'avoir atteint, lui aussi, parce qu'il ne s'était jamais entendu penser aussi stupidement.

Elle laissa échapper un petit rire méprisant. Il ne l'avait jamais vue aussi amère.

— Pitié. Je suis passée dans trop de familles d'accueil, j'ai échappé à trop de coups et de violence, j'ai combattu trop de mains baladeuses pour me faire du mal aujourd'hui parce qu'un homme m'a été déloyal.

Il plaça sa lame au creux de sa main tremblante. Il savait qu'elle était orpheline, mais il ne connaissait rien de son passé douloureux. Comment était-ce possible, après avoir travaillé à ses côtés pendant des années ? Alors qu'elle était si proche de sa mère et de son frère ?

Mais elle ne lui présentait plus qu'un visage distant, comme si elle regrettait d'en avoir trop dit, s'il n'avait pas mérité de faire partie de son cercle le plus intime.

Il devait bien l'admettre, il en était piqué au vif.

Elle soupesa le canif, comme pour juger de son équilibre, puis tourna la lame vers son bustier. Le sang d'Andrea ne fit qu'un tour, mais il retint un sursaut en comprenant qu'elle avait simplement l'intention de déchirer le vêtement.

— Appuyez sur ma main, dit-elle, et ses doigts trouvèrent immédiatement les siens. La fermeture est coincée.

Elle était différente, maintenant, raide d'une détermination têtue, révélant un visage qu'il n'avait pas su deviner chez l'ombre discrète qu'il côtoyait chaque jour.

Et elle était si proche… Trop proche. Assez proche, maintenant, pour que l'inquiétude de se donner en spectacle s'évapore, car il remarqua ses lèvres enflées et les cloques minuscules qui avaient fleuri à son cou. Son regard félin croisa le sien, une seconde, avant que le tissu se déchire sous leur pression combinée. Le bustier s'ouvrit au son de son soupir soulagé, révélant un soutien-gorge de dentelle ivoire, bien plus coûteux que la robe. Ses seins, déjà soulevés par les baleines de la lingerie, bougeaient au rythme de son souffle court.

— Et maintenant, l'arrière, s'il vous plaît, dit-elle en se tournant pour lui présenter son dos.

Andrea secoua la tête, l'esprit embrumé, et coupa à travers le dos du bustier ; il n'avait pas encore atteint sa taille qu'elle l'arrachait elle-même, comme si le tissu l'avait… brûlée.

Il la vit à cet instant : l'inflammation qui couvrait son dos et courait jusqu'à la naissance de ses fesses, par endroits si irrité que des cloques avaient déjà fait leur apparition. L'éruption avait l'air extrêmement douloureuse. Andrea, alarmé, s'empressa de la délivrer de ses manches bouffantes et de baisser la robe le long de sa taille, de ses hanches. Il coupa aussi à travers le soutien-gorge, car sa peau devait brûler au contact de toute étoffe, surtout dans cette terrible chaleur. Il se détestait, maintenant, de l'avoir fait attendre si longtemps avant de lui obéir.

— C'est déjà mieux, marmonna-t-elle en pivotant pour cacher son buste contre le sien.

Le feu de son corps lui fit l'effet d'un brasier. Ses mains tremblaient toujours, refermées sur la robe déchirée qu'elle tenait contre ses seins. Ses yeux étaient embrumés ; lorsqu'elle trouva les siens, sa bouche s'incurva sur un rictus de douleur.

— Tout ira bien, mademoiselle D'Souza, promit-il avec raideur tout en retirant sa veste pour la couvrir.

Une étrange et impuissante colère vibrait en lui. Une colère familière qui, un instant, lui rappela tant d'horreur qu'il manqua de repousser Monica. Mais le tremblement de son menton délicat l'arrêta. Il venait de passer sa veste autour de ses épaules lorsqu'elle chancela, perdit conscience, et tomba dans ses bras comme une poupée.

Andrea la souleva avec autant de douceur qu'il en était capable, la gorge nouée. Pourquoi ne l'avait-il pas immédiatement écoutée ? Comment avait-il pu ignorer la douleur qui avait étincelé dans ses yeux ?

Son chauffeur l'aida à l'installer sur la banquette arrière, sa tête sur ses genoux. Il attrapa une bouteille d'eau et répandit quelques gouttes sur son front fiévreux tout en ordonnant à Pascale de les emmener aussi vite que possible à l'un des appartements Valentini, situé près du quartier financier.

Il déplia ses longues jambes nues sur la banquette, cala son visage sur ses genoux, et tapota doucement sa joue. Elle ne réagit pas. La peur monta en lui. Si quelque chose lui arrivait à cause de lui...

Cristo, il ne se le pardonnerait jamais ! Pris au dépourvu, il imbiba un mouchoir d'eau glacée et le passa sur son front. Lentement, enfin, ses paupières papillonnèrent, et elle tenta immédiatement de se redresser. Ses mains fébriles s'accrochèrent à sa chemise, à la recherche d'équilibre, et il sentit la douceur de son corps pressé contre lui avant qu'elle parvienne à s'asseoir. Il l'aida à se placer près de lui en prenant soin de ne pas toucher son dos et plaça la bouteille à ses lèvres.

Elle but avidement, puis, lorsqu'il lui retira la bouteille pour éviter qu'elle ne s'étouffe, elle la lui arracha pour répandre le reste de son contenu sur ses épaules, inondant du même coup les sièges de cuir de la voiture.

— Mieux ? s'enquit-il, sans ciller, en pêchant son téléphone dans sa veste abandonnée.

— Beaucoup mieux, dit-elle, toujours tremblante. Pourriez-vous demander à Pascale de me déposer à...

— Non, vous n'irez nulle part toute seule. Vous avez besoin de soins.

— Cela ne vous concerne pas. S'il vous plaît, monsieur Valentini, je préférerais vraiment...

— Quoi ? Je ne suis plus Andrea ?

Elle croisa son regard, mais l'interlocuteur qu'il avait entrepris de contacter décrocha à point nommé. Andrea se demanda ce qu'elle aurait répondu, dans le cas contraire. Dès demain, elle lui reprocherait cette poussée d'autoritarisme ; elle n'y verrait jamais, sans doute, les marques d'attention et de générosité qu'il voulait lui donner. Mais il n'en avait rien à faire.

Ce qui l'inquiétait plus, c'étaient les quelques portables qu'il avait vus pointés sur eux lorsqu'il avait autopsié sa robe de mariée puis l'avait portée jusqu'à la voiture. En d'autres circonstances, il ne se serait jamais mis dans une situation pareille, ouvert à la menace des enregistrements publics. Mais elle était dans un tel état... Oh ! ce qui était fait était fait.

Il en assumerait les conséquences plus tard.

Monica venait d'enlever sa veste et eut juste le temps de lever le drap pour couvrir son corps lorsque M. Valentini revint de son excursion. Il était allé fouiller la salle de bains de son frère, Romeo, en quête du tube d'aloe vera dont elle lui avait indiqué la position exacte.

Chaque seconde qui passait aiguisait la conscience qu'elle avait d'être une nuisance pour un homme qui abhorrait le désordre et le drame, qu'ils soient professionnels ou personnels. Et voilà qu'il l'avait emmenée à l'appartement qu'il utilisait quand il dormait en ville ! C'était la goutte d'eau qui faisait déborder le vase.

Lorsqu'ils avaient ouvert la porte, il avait suffi à son petit frère, Romeo, d'un seul coup d'œil depuis son fauteuil roulant ; instantanément, il avait ouvert les bras, et elle s'était jetée contre son cœur en sanglotant sans honte, encore maladroitement cachée par la veste de costume trempée, tandis que le plus jeune des Valentini murmurait des encouragements à son oreille et maudissait Francesco avec passion. La gentillesse qu'elle avait lue dans les yeux de son ami avait brisé l'armure fragile qu'elle avait tenté d'endosser face à M. Valentini, et la réalité de cette journée atroce n'en avait semblé que plus insoutenable.

Maintenant, alors que Romeo était retourné à son physiothérapeute, Monica regrettait de s'être laissée aller ainsi. Pas sous les yeux gris et glacés d'Andrea, pas alors qu'il devait la trouver plus pathétique que jamais.

Pathétique. C'était le mot qu'il avait utilisé. Elle ne l'oublierait pas. Pas parce que Andrea Valentini, toujours impitoyable, l'avait prononcé avec tant de hauteur, mais parce qu'il avait raison : elle avait laissé son besoin d'amour la diminuer.

Et pourtant, rien de tout cela ne lui avait fait oublier l'indescriptible charisme d'Andrea. Monica tenta de ne pas se laisser prendre dans son champ gravitationnel alors qu'il avançait de son pas déterminé vers le lit. Dès leur rencontre, quatre ans plus tôt, quand il était entré dans sa chambre d'hôpital, elle avait été frappée de plein fouet par sa présence irrésistible. Malgré son esprit embrumé par les analgésiques, malgré le regard indéchiffrable et froid qu'il avait posé sur elle, elle avait senti son corps s'éveiller, sa peau fourmiller.

Trois ans de vie presque commune n'avaient pas apaisé cette terrible attirance. Leur prouver son efficacité, à lui et à l'entreprise tout entière, n'avait pas suffi à lui épargner les papillons dans le ventre et la chair de poule qui la tourmentaient toujours quand il l'approchait. Apprendre à le connaître, son éthique professionnelle, l'attention qu'il portait à ses employés, et l'intolérance absolue qu'il avait pour l'incompétence et la cupidité n'avait jamais permis de dissiper ce… ridicule sursaut de… De quoi ?

De nervosité ? De fascination ?

Andrea Valentini n'était qu'un homme. Un homme de chair, de sang et de costume sur mesure, se dit-elle, comme elle se le disait toujours. Et comme toujours, une petite voix plus audacieuse lui répondait, au fond d'elle-même : *oui, mais quel homme !…*

Sans sa veste, les manches remontées sur ses bras musclés, la chemise froissée et encore mouillée après les ablutions de la voiture, il ne ressemblait que de loin à l'homme d'affaires séduisant et inflexible qu'il était habituellement. Même ses cheveux, d'habitude soigneusement repoussés en arrière, avaient été dérangés par une main fébrile ; et sa bouche trahissait une tension qu'il montrait rarement.

Le rendez-vous avec son ex-petite amie et son père…

Elle jeta un œil subreptice vers sa main gauche, en quête de la bague qu'elle s'était attendue à voir apparaître depuis des semaines.

— Que cherchez-vous ? s'enquit-il en posant un genou sur le lit, une proximité qui la fit, par réflexe, bondir en arrière comme un cafard effarouché par la lumière de la cuisine.

Il pinça les lèvres en voyant sa réaction, mais ne dit rien. Les joues enflammées, elle retint une grimace.

— Je me demandais si je pouvais vous féliciter, dit-elle.

Elle n'avait jamais eu le courage de lui parler de sa vie personnelle. Peut-être n'avait-elle plus rien à perdre, maintenant qu'il l'avait vue au plus bas. Peut-être que le prix qu'elle avait payé pour sa naïve stupidité lui avait instillé l'illusion de la sagesse. Toujours est-il qu'elle ne détourna pas le regard lorsqu'il fronça les sourcils.

— Pourquoi donc ?

— Pour votre mariage à Mme Rossi ?

— Comment connaissez-vous les conditions de la fusion ?

Son regard s'était refroidi. Monica frissonna sous la bourrasque polaire de sa méfiance.

— Oh. Nous l'avons croisée lors d'un dîner un soir, il y a environ six semaines. Elle nous a rejoints avant que votre mère l'invite à table...

— Qui donc ?

— Chiara Rossi. Flora m'a dit que c'était la fille de M. Brunetti. Elle a été très chaleureuse avec votre mère, mais quand Flora m'a présentée, elle m'a fait beaucoup de compliments, vous la connaissez – elle a dit que vous me trouviez inestimable, que vous ne pouviez pas exister sans moi, que je faisais presque partie de la famille...

Elle s'interrompit, soudain embarrassée, mais il la fixait toujours sans ciller.

— Bref, reprit-elle, le comportement de Mme Rossi a changé du tout au tout à partir de ce moment-là. Elle m'a beaucoup questionnée sur notre relation professionnelle et... Et quand Flora s'est éclipsée pour aller aux toilettes, elle a commencé à me poser des questions qui m'ont mise mal à l'aise. Sur ce que je savais de vous, sur le temps que nous passions ensemble, d'autres... choses très intrusives.

— Vous auriez pu refuser de lui répondre.

Monica haussa les sourcils.

— Mme Rossi est votre... amie, dit-elle, un terme plus diplomate que « votre grand amour perdu ». Je ne voulais pas l'offenser.

— Vous ne devez rien à personne, sauf à moi, mademoiselle D'Souza. Qu'a-t-elle dit d'autre ?

— À la fin, elle m'a juste prévenue de ne pas rêver, que la vie n'était pas un conte de fées. Que j'avais intérêt à me souvenir que je n'étais *que* votre employée. Et ensuite, elle a...

Elle hésita.

— Dites-moi, Monica.

— Elle a murmuré quelque chose en italien ; elle devait se dire que je ne comprendrais pas. Elle a dit qu'elle s'assurerait de limiter mon temps de présence à vos côtés, à partir de maintenant.

— Et vous n'avez pas songé à m'avertir ?

— À vous avertir ? s'étonna Monica. Vous avertir qu'une femme magnifique et sophistiquée, une femme qui fait visiblement partie de votre cercle intime, m'avait passée au crible au sujet de notre... relation ? Vous m'auriez envoyée sur les roses ! Ni vous ni moi n'avons l'habitude de partager des commérages. Et puis, qui me dit que vous auriez cru ma version des faits ?

— Vous ai-je déjà donné l'impression que je ne vous faisais pas entièrement confiance, mademoiselle D'Souza ? *Dio mio*, accordez-vous un peu de crédit, rétorqua-t-il avec un claquement de langue. Et je n'aurais pas été pris de court par l'ultimatum de Brunetti, après une anecdote pareille.

— Mais vous êtes allé à l'opéra avec elle, et à ce gala de charité, ces derniers mois. Vous avez passé plus de temps avec elle qu'avec aucune autre femme, ces quatre dernières années. Pour moi, c'était une conclusion logique. Flora dit que les fusions-acquisitions et les mariages sont interchangeables, dans la haute société.

— Et vous ne vouliez même pas savoir si sa menace serait mise à exécution ? Si sa demande aurait du poids à mes yeux ? Concernant votre position ?

Monica poussa un soupir. Ne comprenait-il donc pas ?

— Que pouvais-je faire ? Rivaliser avec une femme qui vous connaît depuis des années, qui s'apprête à vous épouser, qui a du pouvoir, du prestige, de l'argent ? Vous demander de choisir entre elle et moi ? Monsieur Valentini...

— Vous ne cessez de vous dévaloriser, et c'est un trait de caractère que je ne respecte pas, asséna-t-il en se relevant.

Elle accusa le coup. Sa déception était bien plus difficile à supporter que sa colère. Et pourtant, elle ne put s'empêcher de demander :

— Alors le… marché n’est pas conclu ?

Il la foudroya du regard.

— Ce n’est pas de la curiosité mal placée, se défendit-elle. Je demande ça parce que vous avez raté votre rendez-vous à cause de moi, aujourd’hui. Je sais tout l’argent et le travail que vous avez engagés pour cette fusion, et combien d’emplois en dépendent. Si…

— Votre petite aventure n’a pas affecté notre accord. Quand vous aurez besoin d’en savoir plus, je vous le dirai.

Monica pinça les lèvres. Elle aurait dû être habituée aux congédiements péremptoires de son patron, mais l’ironie ne lui échappa pas. D’un côté, il lui ordonnait de ne pas se dévaloriser, et de l’autre, il la prenait de haut.

Non pas qu’elle ne comprenne pas sa frustration, dans ce cas précis. M. Valentini ne supportait pas de perdre le contrôle, et l’addendum de Carlo Brunetti avait dû lui faire l’effet d’un coup de tonnerre.

Il n’avait pas répondu à sa question, pas vraiment, mais il était clair qu’il ne sortait pas avec son ex, et n’avait pas l’intention de se remettre avec elle, et encore moins de l’épouser. Soudain, elle se sentit libérée d’un poids dont elle n’avait pas eu conscience jusque-là. À travers la fièvre et la douleur, elle réalisa brutalement que l’abandon de Francesco semblait avoir moins d’importance que le célibat de son patron. Elle pressa une main sur son front, frissonnante.

Avait-elle donc été si bouleversée par la menace de Mme Rossi, si apeurée de perdre sa position dans la vie d’Andrea, qu’elle s’était en retour jetée à la tête de Francesco et de la sécurité factice d’un mariage hâtif ? Pendant presque trois ans, M. Valentini avait été le centre de sa vie, le fondement de la stabilité qu’elle avait toujours recherchée. Ses exigences, ses standards et ses besoins étaient devenus sa raison d’être. Avait-elle substitué Francesco à la peur de perdre Andrea et à la place qu’elle avait dans sa vie ?

Dieu du ciel. À quel point était-elle obnubilée par Andrea Valentini, et comment avait-elle pu être aussi aveugle jusqu’ici ?

Elle retomba sur terre, horrifiée, lorsque Andrea ouvrit doucement sa poigne crispée pour y glisser deux analgésiques.

— J'ai parlé au docteur de ma mère. Il viendra vous rendre visite avant la nuit tombée pour faire des tests sanguins...

— Ne vous inquiétez pas, ce n'est qu'une allergie, le coupa-t-elle, impatiente de mettre fin à cette torture. Il n'est pas très tard, vous pourriez demander à Pascale de me déposer chez le médecin moi-même et...

— Et laisser ma mère me tancer de m'être comporté comme une brute sans cœur ? Épargnez-moi un sermon avec elle et une dispute avec vous, mademoiselle D'Souza.

3

Apparemment, M. Valentini avait la ferme intention de mener sa mission à bien et il n'en avait pas fini avec elle. Elle avait prié qu'il s'éclipse, espéré qu'elle échapperait à son regard scrutateur. Ses protestations n'avaient fait que l'encourager à rester ; il la surveilla de près pendant qu'elle avalait les cachets.

Et il était impossible de se détourner lorsque les yeux d'Andrea Valentini vous possédaient ainsi. Impossible d'ignorer son parfum de pin et de girofle, le relief dur de sa gorge, l'angle viril de son menton, la ligne tranchante de sa bouche ; et cette cicatrice qui courait de sa tempe à la commissure de ses lèvres, rehaussant, si c'était possible, la beauté animale de cet homme aussi bourru qu'irrésistible.

Elle frissonna, et cela aussi, il le remarqua.

— Le médecin a confirmé que l'aloe vera était une bonne idée jusqu'à ce qu'il puisse vous administrer un stéroïde. Il a recommandé de laisser votre peau à l'air libre autant que possible. Allongez-vous, que je puisse...

— Oh non, ce n'est pas nécessaire, s'exclama Monica, mortifiée à la simple pensée de sentir ses doigts sur sa peau nue.

Voilà un autre indice qui aurait dû lui mettre la puce à l'oreille. Elle avait toujours évité la moindre forme d'intimité, même lointaine, avec M. Valentini – un remontant tardif dans l'espace paisible de son bureau après treize heures de négociations intenses, l'année dernière ; ou même les trajets dans sa propre voiture lorsqu'ils allaient à la même réunion. Elle comprenait maintenant qu'elle s'était protégée d'elle-même et de l'attirance qu'elle n'aurait pas su cacher. Un élan de honte la saisit, aussi douloureux que ses brûlures. S'était-elle donc convaincue que Francesco ferait l'affaire ? Depuis combien de temps était-elle *irrésistiblement* attirée par son patron ?

— Il n'y a personne pour s'occuper de vous, ici, et je préférerais que vous ne vous déplaciez pas ce soir, dit Andrea, inconscient de son émoi. Si vous préférez que Romeo s'en charge, je peux l'appeler. Sa session devrait être bientôt terminée. C'est votre choix.

— Je ne veux pas le déranger..., marmonna-t-elle, mortifiée.

— Allongez-vous, mademoiselle D'Souza, ordonna-t-il. Et peut-être que la prochaine fois, vous ne refuserez pas le cadeau de Mama par fierté mal placée.

Monica, occupée à se tourner, se redressa pour le foudroyer du regard.

— Je ne peux accepter de cadeaux monétaires ni de Flora ni de vous.

— Je ne vous en ai pas offert, rétorqua-t-il, avec le plus infinitésimal des tressaillements au coin des lèvres.

Elle commençait à se demander si elle n'allait pas mourir d'embarras avant que la journée touche à sa fin.

— Je sais, marmonna-t-elle. Je n'insinuais pas que vous devriez. Je veux juste dire que ce serait...

— Oui ? Je vous en prie, continuez. J'adorerais comprendre comment votre esprit justifie cette position.

— Je sais ce que vous pensez des amis de Romeo, ceux qui le fréquentent pour son argent ou son influence. Je sais ce que vous pensez des lointains cousins qui passent leur temps à vous faire l'aumône, à vous ou à Flora. Je sais comme il est facile de perdre votre estime, et que vous êtes inflexible lorsque vous décidez de couper les ponts.

— J'ignorais que vous teniez mon opinion en si haute estime, dit-il en fronçant les sourcils. *Dio mio*, pensez-vous vraiment que je vous compterais parmi ces sangsues si vous acceptiez, une fois de temps en temps, un nouveau sac ou une robe de la part de ma mère ? Et qu'y perdriez-vous, de toute façon ? Vous pensez que je vous retirerais votre poste ? Voyons, vous accordez plus de confiance à...

— Quoi ? Non, bien sûr que non ! Jamais vous ne feriez quelque chose d'aussi contraire à l'éthique. C'est juste que...

Elle hésita, douloureusement consciente de se révéler à lui dans tous les sens du terme.

— Non, peu importe, murmura-t-elle.

Elle allait se détourner lorsqu'il l'arrêta, d'une main légère, posée sur sa peau, sur l'étendue dénudée de son épaule. Elle sentait ses doigts comme autant de sceaux sur sa chair, la marquant comme la propriété d'Andrea Valentini...

Non, c'était la fièvre qui parlait.

La fièvre et son imagination. À son grand dam, elle n'avait envie de contrôler ni l'une ni l'autre.

Elle avait sursauté. Elle était si proche de lui, maintenant, qu'elle pouvait sentir le relief de son corps dur, séparé du sien par la finesse du drap. Qu'avait-elle donc fait, dans cette vie ou une existence précédente, pour mériter une telle torture ?

— Ne me faites-vous pas confiance, mademoiselle D'Souza ? Dans l'environnement professionnel.

— Bien sûr que oui. Et dans l'environnement personnel aussi, car vous opérez dans les deux avec les mêmes principes.

Il recula légèrement, comme pour avoir une vue plus large sur elle. La courbure de sa bouche perdit son angle irrité. Oh ! pourquoi regardait-elle constamment sa bouche ?

— Alors que craignez-vous donc en refusant les cadeaux de ma mère ? Si, je ne sais pas, vous aviez accepté sa proposition de vous offrir une jolie robe de mariée à la place de cet engin mortel imbibé de produits chimiques qui a manqué de vous brûler vive ? Si vous l'aviez laissée rencontrer Francesco une ou deux fois pour qu'elle vous donne son avis sur lui ?

Les larmes lui montèrent aux yeux, et, de nouveau, elle cligna des paupières pour les arrêter. Quand il présentait la situation ainsi, quand elle voyait combien il aurait été facile d'éviter ce fiasco… elle se sentait plus désarmée encore.

— Je me suis habituée à tout ce temps que m'offrent Romeo et Flora. Leur présence dans ma vie m'est très précieuse. J'adore dîner avec elle tous les mercredis ; j'adore jouer aux échecs avec Romeo, pratiquer l'italien avec lui, et passer du temps avec lui. Je n'ai jamais eu le bonheur d'avoir des gens si merveilleux à mes côtés et qu'ils me portent de l'affection en retour. Je ne ferais jamais quoi que ce soit qui pourrait mettre ce bonheur en péril.

— Et pour ma seconde question ?

Son regard rencontra un instant le sien, mais elle le détourna aussitôt. Il n'abandonnerait pas tant qu'elle n'aurait pas admis qu'elle avait agi comme une idiote, visiblement.

— Francesco voulait absolument rencontrer Flora. Et Romeo. Et vous. Surtout après que je lui ai dit combien Flora était adorable de vouloir m'acheter des bijoux pour le mariage. Et puis, la fois où vous êtes passé me prendre pendant un de nos rendez-vous pour que je retrouve le rapport de notre correspondant japonais… Il était sur un petit nuage toute la journée, ensuite. Je pense qu'il venait de réaliser combien vous prisiez mon travail.

Et maintenant qu'elle recollait les morceaux, c'était peu de temps après cela que Francesco lui avait demandé de l'épouser. Il avait aussi insisté comme un gamin capricieux jusqu'à ce qu'elle lui promette de le laisser l'accompagner au domaine des Valentini, un jour, lorsqu'elle leur rendrait visite.

— Je n'étais pas tranquille. Il était trop intéressé lorsque le sujet de votre famille venait sur le tapis.

— Vous en étiez consciente, mais vous avez préféré faire l'autruche, l'accusa M. Valentini, un remous de fureur dans la voix.

Son premier réflexe était de courber l'échine, mais trop, c'était trop. Elle avait déjà laissé un homme la piétiner ; elle préférait s'arrêter là. Elle releva les yeux et soutint son regard sans plus fléchir.

— Francesco est un orphelin, lui aussi. Être attiré par ce qui brille n'est pas une faute, monsieur Valentini. Vouloir une nouvelle voiture, de beaux vêtements, espérer pouvoir profiter de mon lien avec votre famille afin de m'élever dans la vie, c'est parfaitement compréhensible. Nous ne sommes pas tous nés riches au sein d'une famille aimante.

Il laissa échapper un juron, les yeux brillants de mépris.

— Alors vous pensez qu'il a *raison* de vous utiliser comme il l'a fait ?

— Oui, s'il m'avait aimée un peu, s'il avait été intéressé par les Valentini seulement parce qu'il voulait assurer notre avenir... S'il avait simplement voulu profiter du dur labeur que j'avais déjà accompli pour votre entreprise, alors j'aurais pensé qu'il avait raison. La vie est dure et injuste ; le voir saisir un avantage ne m'aurait pas choquée. Mais c'est là que je me suis trompée : il ne m'aimait pas du tout, et il pense que je suis une idiote avec des principes d'un autre temps.

Elle avait baissé les yeux ; elle en prit conscience lorsque les doigts d'Andrea saisirent son menton pour ramener ses yeux à lui ; en réponse, son pouls galopa à travers son corps comme un câble sous tension. Dans le regard gris, néanmoins, il n'y avait pas de tendresse, juste une âpre détermination.

— Quoi que vous fassiez à l'avenir, il serait impossible de vous séparer de Mama et de Romeo, mademoiselle D'Souza. Même si je le désirais. Ni l'un ni l'autre ne le supporteraient. Faites-moi confiance sur ce point aussi, *si* ?

— *Si*, dit-elle en essayant, tant bien que mal, de ne pas se noyer dans la chaleur que cette promesse évoquait en elle.

— Quand votre fièvre sera descendue, vous serez logée au domaine jusqu'à votre rétablissement. Non, interrompit-il avant qu'elle proteste. Laissez donc ma mère s'occuper de vous. Passez du temps avec Romeo. Il se plaint toujours que je vous exploite. Oh ! et Mama vous considère comme sa fille et veut vous gâter, juste un peu. Romeo et moi ne lui laissons pas assez l'occasion de le faire. Alors, la prochaine fois, quand elle vous suppliera de lui laisser vous offrir un cadeau, pour son plaisir à elle plus que pour le vôtre, laissez-la faire. *Si* ?

Monica humecta ses lèvres sèches. Lorsqu'il lui donnait des ordres sur ce ton, elle avait bien peur de ne jamais vouloir dire non. De nouveau, elle hocha la tête.

— *Si.*

Quelque chose, un éclat primitif et brûlant traversa le regard gris et disparut aussitôt.

Ridicule. Elle était ridicule. Elle s'imaginait des choses, maintenant. Andrea Valentini n'était pas attiré par elle. Non. Jamais. Il était trop expérimenté, trop sophistiqué, trop cynique et trop sublime et complètement inatteignable pour une femme comme elle. Elle venait de lui prouver qu'elle n'était qu'une naïve idiote. Elle n'allait certainement pas gâcher leur relation avec des fantasmes romantiques. Sa fièvre la faisait halluciner, et c'était tout.

— Maintenant, couchez-vous et laissez-moi terminer.

— *Si*, répéta-t-elle machinalement avant de se coucher sur le ventre.

Deux fièvres bien différentes la torturaient à cet instant : l'une causée par l'éruption qui couvrait maintenant tout son dos, et l'autre, par le contact de ses mains sur sa peau, par le son incongru de son rire rauque, ruisselant comme une eau tiède et exquise le long de sa chair, à la fois réconfortante et excitante. Cette simple mélodie, profonde et rugueuse, vibra en elle comme l'anticipation d'une caresse, durcit ses tétons contre le drap frais, et déclencha au fond d'elle-même un pouls plus brûlant que ne l'avaient jamais été les baisers de Francesco. Elle enfonça son visage dans le coussin, soulagée qu'il ne puisse voir son expression.

— Vous êtes dangereuse, mademoiselle D'Souza. Un homme pourrait s'habituer à soutirer tant de « oui » de votre bouche.

Immobile, délibérément immobile, elle tenta de ne pas trahir le tourment délicieux que ses mots provoquèrent en elle.

Non. C'était impossible. Il n'était pas en train de flirter avec elle.

— Je suis surprise qu'un simple oui puisse vous monter à la

tête, monsieur Valentini, dit-elle sans oser relever la tête, sans oser croiser son regard sombre. Pas alors que le monde entier vous dit la même chose.

— Vous n'êtes pas aussi malléable que vous voulez le croire, rétorqua-t-il de son ton brusque, après une seconde d'un silence étincelant de tension. Je ne me souviens pas de vous avoir jamais vue approuver mes propositions aveuglément. Au contraire, votre ascension fulgurante au sein de l'entreprise et à mes côtés doit beaucoup à votre capacité de me tenir tête, avec toute la douceur du monde, même lorsque vous semblez être aussi discrète qu'une souris.

Monica cligna des yeux, submergée par la gratitude, et par d'autres impulsions bien moins désintéressées.

— Une souris, mmm ? C'est le plus beau compliment que vous m'ayez jamais fait, dit-elle en souriant.

Fiévreuse ou non, elle ressentait toujours un plaisir exquis courir en elle quand M. Valentini lui faisait un compliment.

— Peut-être que je suis juste excitée par les louanges..., marmonna-t-elle dans l'oreiller avant de se rendre compte qu'elle l'avait dit à voix haute.

Derrière elle, Andrea était aussi immobile qu'une statue.

Oh non. Pitié, faites qu'il ne l'ait pas entendue.

D'une voix plus forte, elle lança :

— Je suis prête.

Elle s'efforça de rester rigide et tendue lorsque le gel froid toucha enfin son dos brûlant. Elle parvint à réguler son souffle, même pendant qu'il étalait l'aloe vera sur sa peau, de la courbe de ses épaules jusqu'au bas des reins, la main aussi douce qu'une caresse. Elle ne pouvait rien faire, rien faire d'autre que de retenir sa respiration et de fermer les paupières lorsqu'il passa le gel sur son flanc, si près de ses seins ; elle ne pouvait pas contrôler la pulsation intense de son désir, entre ses cuisses, humide et brûlante, alors qu'il se penchait en avant pour atteindre sa nuque, le lit grognant légèrement sous son poids. Elle n'avait jamais rien connu de plus érotique que cet instant : lui, si proche d'elle, son parfum dans ses narines et le frôlement de son souffle au creux de son cou.

Francesco l'avait traitée de prude et l'avait trouvée frigide lorsque ses attouchements l'avaient laissée de marbre ; maintenant, elle comprenait pourquoi.

Il n'était simplement pas l'homme qu'elle voulait réellement.

Elle avait passé si longtemps à cacher son corps, à le couvrir de vêtements amples, à fuir la considération des hommes de peur d'attirer des regards indésirables… Elle avait fini par croire qu'elle n'était finalement pas très intéressée par le sexe. Elle n'avait jamais ressenti le besoin de s'y adonner. Elle n'avait pas été particulièrement impatiente de passer la nuit avec son fiancé. Mais il suffisait à son patron de soupirer contre sa peau, et elle était prête à s'embraser.

Elle aurait préféré rester dans l'ignorance.

Oh ! elle maudissait Francesco – pas parce qu'il lui avait menti, pas parce qu'il n'était qu'un pathétique opportuniste, pas non plus pour l'avoir demandée en mariage. Non, mais pour l'avoir poussée à acheter cette robe chimique, pour l'avoir poussée dans cette situation intenable, confuse, floue, et… terriblement délicieuse. Maintenant, elle savait, sans aucun doute, que les mains de M. Valentini la faisaient frémir et brûler.

Elle était follement, irrémédiablement attirée par son patron, son patron austère et impitoyable, et si elle en soufflait un seul mot, elle serait évincée de son entreprise et de son cercle familial sans autre forme de procès.

Andrea n'avait jamais connu cet espace liminaire où le désir vibrait dans ses veines à un rythme paresseux et ralentissait le monde tout entier autour de lui. Pas même lorsqu'il avait vingt ans, quand il avait juré qu'il donnerait tout pour gagner le cœur et le lit de Chiara, il n'avait ressenti une si exquise luxure. Et maintenant, alors qu'il laissait glisser ses mains sur la peau brune de son assistante, il lui semblait être suspendu à chaque frisson, notant chaque réaction à chaque caresse comme pour en garder un souvenir jaloux.

Ses soupirs de soulagement n'auraient pas dû crisper ainsi sa chair ni éperonner le désir fou de poursuivre ses caresses – le long de sa taille fine, puis de la courbe de ses hanches, jusqu'à ce que la chaleur de ses mains ait touché chaque parcelle d'elle.

Le plus inquiétant n'était pas cet appétit charnel qu'il ressentait pour elle, mais cette pulsion possessive et irrésistible, celle de réparer tous les torts que Mlle D'Souza avait subis, de défendre son honneur et de lui offrir la vie de ses rêves.

C'était inexplicable. Elle avait été humiliée, elle était littéralement blessée, et pourtant, sans le vouloir, elle déchaînait une salve tellurique contre l'armure qu'il avait si longtemps renforcée. C'était… quoi ? Sa vulnérabilité, sans doute, si pure et si vraie. Il avait trouvé cette cascade à la piazza de bien mauvais goût, et pourtant, il ne pouvait s'empêcher de vouloir rester aux côtés de Mlle D'Souza, tant et si bien qu'il aurait voulu tirer une couverture sur elle et lui pour se dérober à la vue du monde.

Peut-être était-ce parce que cette vulnérabilité lui rappelait la sienne, celle qu'il avait laissée derrière lui après l'accident. Il s'était senti si faible, si nu, submergé par la peur et le deuil. Jamais plus il ne voulait être à la merci d'une telle souffrance.

Quelque chose avait été cautérisé, au fond de lui, à la mort de son père. Il avait laissé sa vie insouciante de fêtard derrière lui. Il s'était transformé en homme d'affaires responsable, du jour au lendemain, motivé uniquement par le devoir qu'il avait envers sa famille. Et il avait perdu quelque chose d'autre, aussi.

Il ne regrettait ni cette perte ni son ancien mode de vie. Il ne regrettait qu'une chose : que son père n'ait pas eu la chance de voir qu'il pouvait être responsable, sérieux, mature.

Son père était mort terrifié pour Romeo et pour sa famille. Le visage de Mlle D'Souza, lorsqu'elle avait avoué combien sa mère et son frère comptaient à ses yeux, et qu'elle ne voulait jamais les perdre… Voilà un attachement bien dangereux. Et pourtant, il lui avait promis, stupidement, que cela n'arriverait jamais, comme si l'amour ne se soldait pas toujours par la souffrance et la déception.

Il se redressa brutalement, essuyant ses mains sur la serviette prévue à cet effet. Il avait besoin d'air. Il devait encore trouver un moyen de contrer l'ultimatum ridicule que lui avait posé le père de Chiara. Il détestait être manipulé, détestait être poussé dans ses retranchements.

Et la présence de Mlle D'Souza n'arrangeait rien. Mlle D'Souza, avec qui il passait déjà plus de temps qu'avec quiconque. Il n'avait pas besoin que cette stupide attraction mette en péril leur parfaite relation professionnelle. Si seulement il n'avait ressenti pour elle qu'un désir bas et charnel, il aurait pu l'ignorer sans difficulté.

Mais il devait bien l'admettre, au moins pour lui-même : c'était plus que cela. Plus que cela et, par conséquent, un problème à régler, aussi vite que possible.

— Quand vous reviendrez au bureau, nous vous trouverons une nouvelle position, dans un autre département. Peut-être pourriez-vous retourner à la direction des finances. Lorsque je vous ai volée pour moi-même, Maria m'a maudit pendant des mois.

Seul le silence lui répondit. Il l'avait blessée, il en était bien conscient, mais il ne pouvait pas se permettre d'en tenir compte. Elle avait besoin de s'endurcir. Elle avait aussi commis l'erreur de ne pas lui communiquer que Chiara se comportait comme s'ils étaient déjà mariés, ce qui l'aurait préparé à l'attaque de Brunetti. Son utilité avait été émoussée par cette... attirance bien inconvenante qu'il avait pour elle, certes, mais aussi par l'admiration qu'elle lui portait.

— Vous aurez le même titre et la même paye, ajouta-t-il afin de clarifier qu'il ne cherchait pas à la punir.

Elle se tourna enfin, agrippée au drap qui la couvrait toujours. Ses paupières étaient gonflées, le bout de son nez était rose de fièvre ; ses mèches soyeuses collaient à son front humide. Mais c'est son expression qui le prit au cœur ; il y avait tant d'émotion dans ses prunelles – tant de choses qu'il ne voulait pas lire. Elle poussa un soupir.

— Je comprends, c'est mieux ainsi. Cela dit..., ajouta-t-elle avec un demi-sourire, vous devriez peut-être calmer le jeu si vous prenez un nouvel assistant. Tout le monde n'est pas aussi...

— Courageux que vous ?

— J'allais dire « efficace ».

— Cela ne vous dérange pas, alors. Que je vous change de département ?

Dio mio, pourquoi insistait-il ?

Elle haussa les épaules et le drap glissa légèrement, révélant la courbe d'un sein rond. Andrea dut détourner le regard, bien qu'il ne puisse nier son sursaut de convoitise.

— Vous n'avez jamais caché combien vous détestiez voir la vie personnelle entrer dans la sphère professionnelle. L'affection que Flora me porte aurait fini par devenir une transgression, tôt ou tard. Au moins, de cette façon, je ne me suis pas...

Elle s'interrompit. Il haussa un sourcil, stupidement blessé, stupidement insulté, comme un gamin déterminé à faire ses preuves. De toute évidence, elle accordait moins d'importance au travail qu'elle partageait avec lui qu'à l'attachement qu'elle avait pour sa mère.

— Vous ne vous êtes pas *quoi*, Monica ? insista-t-il.

— Je ne me suis pas ridiculisée.

— Que voulez-vous...

Sa curiosité têtue s'évapora brutalement. Son regard était tombé sur la cicatrice qui courait à sa taille, aussi large que sa main. La cicatrice qui marquait sa peau depuis qu'elle avait sauvé sa mère... Et qu'il n'avait jamais vue auparavant.

Andrea eut l'impression qu'on lui avait renversé un seau d'eau glacée sur la tête. Sans cette femme si courageuse et si inconsciente, il aurait pu perdre sa mère. *Cristo*, elle n'était même pas une femme, à l'époque, mais une jeune fille de dix-neuf ans... Et malgré le danger, elle avait sauvé une inconnue, au mépris de sa propre vie, écopant en retour d'une lame dans les entrailles.

Une bouffée de honte le prit à la gorge. Comment avait-il pu se montrer aussi insensible ? Comment avait-il pu, à l'époque, ne pas chercher à en savoir plus sur sa blessure ; décider d'ignorer ses souffrances, un prix bien faible à payer contre la vie de sa mère ? Comment avait-il pu, aujourd'hui, voir son incapacité à accepter des cadeaux comme une source d'irritation plutôt qu'une énième preuve de sa générosité ?

— Tournez-vous, ordonna-t-il.

— Quoi ? Ne vous inquiétez pas, je...

— Monica. Tournez-vous, répéta-t-il en avalant la distance qui les séparait encore.

Lentement, le visage perplexe, les mains crispées sur les draps, elle obéit. Il ne put s'en empêcher – et il ne tenta pas bien intensément de se retenir. Il suivit d'un doigt le dessin de la cicatrice qui ceinturait la courbe de sa taille marquée, large comme trois de ses phalanges, courant de son ventre à son dos. La blessure devait avoir été profonde, pour laisser une telle marque, même après que Mama lui eut envoyé les meilleurs docteurs du pays. Et il n'y avait prêté aucune attention.

— Je n'avais pas réalisé que vous aviez été si grièvement blessée, murmura-t-il d'une voix vibrante de peur et de colère.

— Oh. J'oublie toujours que j'ai une cicatrice, répondit-elle, sans bouger sous sa main.

Elle avait la voix étouffée, maintenant. Les cachets faisaient leur effet.

— Sauf parfois quand je sors du bureau après la tombée de la nuit et que je marche dans la petite rue, vous savez... Derrière la station de bus. J'ai un flash de... de peur. Et la cicatrice me brûle. C'est étrange, pas vrai ? Je sais que je suis guérie, mais...

— Ce n'est pas parce que la brûlure n'est pas réelle que vous ne pouvez pas la sentir.

Elle soupira et trembla sous ses doigts.

— Exactement. Francesco me disait juste que j'étais une poule mouillée.

— Faites-moi plaisir, mademoiselle D'Souza. Arrêtez de me dire toutes les âneries que cet homme a réussi à vous faire croire.

— D'accord.

— Je peux contacter un spécialiste, vous savez, dit-il en observant la peau rose et brune. Pour que vous vous débarrassiez de la cicatrice. Elle profane votre beauté.

Elle rit dans l'oreiller, un rire essoufflé de fatigue.

— Ma prétendue beauté ne m'a jamais aidée. Et je me fiche de la cicatrice. Je suis juste heureuse que Flora s'en soit sortie indemne, ce jour-là.

Une dernière fois, Andrea caressa la peau meurtrie, en sachant pertinemment qu'il franchissait une frontière tacite qu'ils avaient tous les deux marquée il y avait bien longtemps. Le problème, c'est qu'il voulait la toucher, encore et encore. Presser sa bouche sur sa peau, lécher sa peine, effacer la douleur fantôme qui la tourmentait encore. Transformer ce vestige de souffrance en source de plaisir. Il voulait s'allonger près d'elle, et tourner son beau visage à lui, jusqu'à ce que ses traits dignes d'une statue s'illuminent pour lui, jusqu'à ce qu'elle se dévoile à lui, jusqu'à ce qu'elle fonde sous ses caresses… Jusqu'à ce qu'elle le supplie d'explorer l'électricité qu'il sentait entre eux. Jusqu'à ce qu'elle, Monica, l'adorable femme aux sourires généreux et au cœur vaillant, soit entièrement sienne, et offerte à chacune de ses exquises tortures.

Oh ! comme il l'attiserait et la provoquerait jusqu'à ce qu'elle s'élève contre lui, brûlante et bravache, toute timidité oubliée…

Cristo. Il bondit, comme si c'était lui qui avait été brûlé par le soleil et les produits chimiques. Elle avait vingt-trois ans, elle était naïve, et elle n'était pas pour lui. Pas pour lui, pas même pour une seule nuit. Il tourna les talons, déterminé à réduire cette infâme flamme de désir à néant.

— Andrea ? murmura-t-elle alors qu'il atteignait la porte.

— *Si ?* s'enquit-il en pivotant légèrement.

— Est-ce que je peux vous poser une question ?

— *Si.*

— Êtes-vous en colère contre moi ?

— *Si*, rétorqua-t-il, laissant libre cours à son irritation. Vous savez combien je déteste les casse-tête inutiles. Voilà que j'en sais beaucoup plus sur vous que je n'en aurais eu besoin pour effectuer mon travail.

— Je ne m'opposerai pas au transfert, mais... j'espère que ça ne changera rien entre...

— Non, Monica. Dormez.

Elle rit doucement, et il se figea, une main sur la poignée. Lorsqu'il se tourna vers elle, juste une dernière fois, elle avait les yeux clos, et un petit sourire intime avait courbé sa bouche.

— Vous avez aussi dit « oui » trois fois, monsieur Valentini. Une femme pourrait s'enivrer du pouvoir de soutirer tant de « oui » de votre bouche. Même une femme aussi stupide, ridicule et pathétique que moi.

Puis, elle sombra pour de bon dans le sommeil, le souffle profond et régulier, et Andrea comprit qu'il devait à tout prix garder ses distances. À tout prix. Avant que le peu de bon sens qu'il avait encore soit consumé par un désir fou. Avant qu'il succombe à la tentation et fasse quelque chose qui aurait horrifié son père. Avant que la soif inappropriée qu'il avait d'une femme sous sa protection devienne quelque chose de plus vrai, de plus dangereux, quelque chose qui les mènerait tous deux à leur perte.

4

Pendant les deux premières semaines que Monica passa à la maison de Flora Valentini – leur demeure familiale, située dans un village digne d'une carte postale près du lac de Côme –, Andrea ne vint pas lui rendre visite une seule fois.

Non, pas *elle*, corrigea Monica pour elle-même. Il n'était pas venu voir sa mère et son frère, et c'était cela qui était inquiétant. Si elle était certaine d'une chose concernant le cœur d'Andrea Valentini, c'était qu'il était entièrement dévoué à Flora et Romeo. Les évitait-il aujourd'hui parce qu'elle était là ? Parce que, après la comédie ridicule qu'elle avait entraînée, il ne pouvait plus supporter de la voir ?

Monica avait voulu quitter sa famille au plus vite, pendant les premiers jours. Pourtant, revigorée par les soins de Flora et la compagnie chaleureuse de Romeo, elle avait fini par accepter cette rare faveur que la vie lui faisait. Ils lui avaient promis qu'elle n'était pas un fardeau.

Flora était exactement le genre de mère que Monica se serait choisie, dans n'importe quel monde, si elle en avait eu la chance. Et Andrea lui avait offert un cadeau incommensurable lorsqu'il lui avait confessé que sa mère la considérait comme la fille qu'elle n'avait jamais eue. Rencontrer sa famille était l'unique cadeau qu'elle ne regrettait pas, parmi toutes les faveurs qu'il lui avait faites et qu'elle ne méritait pas.

Monica avait beaucoup pleuré pendant ces deux semaines. Parfois, à cause de la douleur, puis du soulagement : le docteur lui avait confirmé que l'intervention immédiate d'Andrea avait limité l'infection et la gravité des lésions. Certaines de ses larmes avaient aussi coulé pour cet homme, cette nouvelle conscience de son désir pour lui, et l'impossibilité de cet engouement fou. Et dire qu'elle avait failli épouser un homme qu'elle n'aimait pas, uniquement pour noyer la peine de perdre son *patron*... Quelle idiote !

Il fallait qu'elle reste honnête avec elle-même. Sans Flora, M. Valentini n'aurait jamais porté d'intérêt à sa vie personnelle. Elle aurait pu mourir sur les marches de la piazza, et il n'aurait remarqué son absence que lorsque sa vie aurait commencé à se déliter, privée de son efficacité légendaire. Tout comme il ne lui avait jamais vraiment prêté attention, ces quatre dernières années.

Alors non, elle n'allait pas se laisser monter la tête, simplement parce qu'un élan de fièvre avait craquelé entre eux cet après-midi-là. Beaucoup de femmes auraient eu la même réaction qu'elle, face à un homme aussi sublime, aussi intense. Cela ne voulait rien dire, ni de lui ni d'elle. Et puis, elle était fiévreuse, vulnérable – assoiffée de la moindre gentillesse. Elle avait sans doute tout imaginé.

Elle avait espéré que la transition, hors de sa vie et dans un nouvel emploi, se ferait doucement, sans trop de peine ; mais ses projets volèrent en éclats pendant la troisième semaine, lorsque Romeo lui apprit qu'une vidéo d'elle et d'Andrea était devenue virale. Sur les images, Andrea coupait sa robe puis la portait jusqu'à la voiture ; elle était à moitié nue, et la presse avait tourné toute l'histoire en conte de fées. Si Andrea l'avait considérée comme une nuisance jusqu'ici, il devait maintenant la haïr. Elle avait essayé de le joindre la veille ; il n'avait pas répondu à ses appels.

Puis, il était arrivé, brusquement, le soir suivant, comme les sombres nuages qui annonçaient une tempête. Elle et Romeo, installés dans le petit jardin qui séparait la pelouse bien taillée de la grande orangeraie et de la forêt, venaient de terminer une excitante partie d'échecs qu'elle avait perdue. Un fourmillement lui brûla la nuque, comme si elle avait été programmée pour détecter la proximité d'Andrea ; elle leva les yeux et le trouva planté sur le grand balcon, au deuxième étage, embrassant la joue de sa mère pour lui dire bonsoir. Ses yeux gris, néanmoins, étaient fixés sur elle. Malgré la distance, elle voyait le froncement tendu de ses sourcils – sans doute voulait-il cacher son humeur sombre à sa mère, qui l'accueillait avec animation. Incapable de soutenir son regard, Monica déglutit et revint à l'échiquier.

Elle avait des papillons dans le ventre, et le corps tendu, prêt à réagir : courir vers lui ou s'enfuir, elle ne savait pas trop.

— C'était quoi, ça ? s'enquit Romeo en jetant un coup d'œil à son frère avant de se concentrer sur elle.

— Quoi donc ?

— Cette expression... Monica, est-ce que tu as peur de mon frère ? s'enquit-il en posant sa main sur la sienne.

— Quoi ? Non, s'exclama-t-elle, les joues brûlantes. Je suis juste... nerveuse. Surtout après les difficultés que j'ai causées.

Impulsivement, elle attira la main de Romeo et la pressa contre sa joue. Toute sa vie, elle avait cruellement manqué de tendresse, et Romeo était l'un des seuls hommes, dans son expérience certes limitée, qui semblait partager ce besoin sans songer une seconde que la douceur diminuait sa masculinité. Lorsqu'il caressa sa pommette du pouce, elle ferma les yeux.

— Je suis lâche, c'est tout, avoua-t-elle.

Il claqua de la langue et elle leva les yeux. Ses yeux gris, si semblables à ceux d'Andrea, adoucis par sa gentillesse sans faille et une souffrance constante, brillaient de chaleur.

— Non. Tu es la personne la plus courageuse que je connaisse.

Elle rit doucement.

— Pas devant Andrea Valentini.

— Ça fait seulement de toi quelqu'un de prudent, dit-il en souriant. Peu de gens comprennent les humeurs de mon frère.

— Ah, mais je l'ai trop côtoyé pour ne pas le connaître par cœur. Là, maintenant, tu pourrais croire qu'il se contente d'écouter tout ce que ta mère lui raconte de la semaine, mais il est d'une humeur de chien. Et c'est ma faute.

Romeo leva de nouveau les yeux.

— Peut-être…, murmura-t-il. Mais pas comme tu le penses, *cara*.

Il attrapa sa main pour en embrasser le dos, un éclat espiègle dans le regard.

— Mais tu ne m'as jamais raconté ce qu'il s'est passé, ce jour-là, quand il t'a ramenée à la maison. Andrea est un saint, tu sais. Je suis choqué qu'il ne soit pas venu nous voir depuis trois semaines, ma mère et moi. Je me demande ce qui l'a forcé à prendre ses distances de façon si drastique.

Monica haussa les épaules, la bouche sèche et le cœur battant. Quand il avait quitté sa chambre, elle était à moitié consciente, et la fin de leur conversation était floue. Avait-elle laissé entrevoir ses sentiments ? Trahi sa stupide attirance ? Avait-il décidé de lui faire changer de service parce qu'elle avait avoué une passion coupable ?

— Il s'est juste occupé de mon dos, puis il m'a bien fait comprendre que j'étais un désagrément et que je serais mutée dans un autre département à mon retour.

— Et pourtant, tu as travaillé à ta position habituelle, ces deux dernières semaines, non ?

— Juste du transfert de connaissances pour faciliter mon départ.

Au moins, elle pouvait se féliciter d'un travail bien fait : elle laissait derrière elle des systèmes et des logiciels qui continueraient de prendre en charge tout ce sur quoi il travaillait.

— Oh ! arrête de minimiser tes talents, *bella*. Je parie qu'Andrea ne peut pas vivre sans toi. Et tu vois cet air renfrogné ? C'est parce qu'il l'a compris aussi. S'il y a bien quelque chose que mon frère déteste, c'est d'avoir besoin de quelqu'un.

À son tour, elle leva les yeux vers Andrea, pensive.

— Même de Mme Rossi ? demanda-t-elle.

La question la torturait depuis des semaines. Chaque matin, chaque soir, elle s'attendait à la voir arriver, un énorme diamant au doigt, pour la mettre dehors. Elle s'était entraînée, devant le miroir, à sourire et à les féliciter, le visage douloureux de tension. Elle n'avait pas l'intention de trahir la complexité de ses sentiments, ni la rancœur tardive qu'elle ressentait à l'encontre de Chiara Rossi et le mépris qu'elle lui avait montré.

— Allons, tu sais très bien que même si Andrea épouse Chiara, cela ne veut pas dire qu'il a besoin d'elle. Mon frère est incapable de ressentir cette basse émotion qu'est l'amour, railla Romeo.

— Hé. Ne parle pas comme lui, murmura-t-elle en entendant facilement la peine secrète qui vibrait dans la voix de Romeo.

Elle serra de nouveau sa main dans la sienne pour apporter son soutien à cet ami si cher, à cet ami dont le frère était resté un mystère fascinant. Un mystère éternel. Le changement de département l'avait blessée, bien sûr, mais elle savait que c'était pour le mieux : elle devait rester loin, très loin de M. Valentini.

— D'ailleurs, reprit-elle avec un sourire taquin, au lieu de disséquer la vie sentimentale de ton frère, pourquoi tu ne me parles pas de la serveuse qui t'a supplié de lui donner ton numéro la semaine dernière ?

— Qu'est-ce que tu vas faire ? Andrea ?

Andrea s'arracha difficilement à la scène que son frère prenait un malin plaisir à jouer en contrebas. Une partie de lui était enchantée de voir son petit frère retrouver son humour, son exubérance et son impétuosité d'antan en compagnie de Monica – le jeune homme qu'il avait été avant que leur accident l'immobilise dans un fauteuil roulant lorsqu'il était encore adolescent. Leur père était au volant pendant une tempête de neige, et Andrea avait hurlé des invectives comme un gamin capricieux, entraînant l'accident qui leur avait volé leur père, bien trop tôt.

Une autre partie de lui, celle qu'il essayait à toute force d'étouffer, se cabrait comme un Neandertal bas du front à la vue de Monica faisant ami-ami avec un autre homme.

Madre Dio, mais d'où lui venait cette possessivité stupide ?

Il ne s'était plus rien autorisé depuis l'accident, pas un jour, pas une heure. Il avait simplement continué de survivre, sous pilote automatique, à s'épuiser pour l'entreprise, menacée d'être rachetée après la mort de son père, à tenter de fournir à son frère tout ce dont il avait besoin, à remplacer sa mère à son chevet, quand il le pouvait, pour laisser à Mama le temps de se reposer, le temps de faire le deuil de l'homme qu'elle aimait. Ils avaient appris, petit à petit, à vivre avec le gouffre qu'avait laissé son père. Romeo avait accepté qu'il ne remarcherait peut-être jamais. Et Andrea avait continué à noyer le chagrin dans l'épuisement.

Et maintenant, sous ses yeux, Romeo attirait Monica sur ses genoux en riant, et elle riait également, avec ce petit grognement de porcelet inélégant qu'elle avait, et son corps entier était traversé de son rire, et Andrea pouvait imaginer son parfum de soleil et de vanille, cette fragrance étrange et érotique qu'il associait toujours à elle.

D'une main, Romeo actionnait la roue de son fauteuil pour les faire bondir d'avant en arrière et, dans son éclat de rire, les cheveux de Monica tombèrent comme un rideau de soie devant leurs deux visages, les dissimulant à sa vue.

Il serra les dents.

— Qu'est-ce que tu vas faire, Andrea ?

— Est-ce qu'il l'aime plus que comme une amie ? Romeo ? s'enquit-il en se souvenant de l'appel de son frère, juste après celui de sa mère : la façon dont il avait exigé qu'Andrea prenne les choses en main, immédiatement, pour sauver Monica de Francesco et de ce mariage désastreux.

Andrea savait qu'ils l'appréciaient tous les deux profondément, mais l'hypothèse que Romeo puisse être… Son cœur se serra douloureusement. Si son frère avait des sentiments pour Monica alors que lui-même venait de comprendre que… Non, c'était impensable. La tourbe de la confusion, de l'égoïsme, du sacrifice et d'une compétition primitive bouillonna en lui.

— Monica ? demanda Mama avec un petit sourire amusé. Ce serait merveilleux, n'est-ce pas ? Elle est si adorable, et elle le fait rire comme avant… Avant l'accident, et cette histoire, avec cette fille…

Sa mère pinça les lèvres et secoua la tête.

— Peut-être qu'elle serait intéressée, mais ce ne serait pas juste pour elle. Ni le cœur ni l'esprit de Romeo ne sont prêts.

Andrea grogna.

— Elle vient de se faire larguer devant la mairie, Mama. Comment peux-tu croire qu'elle se jetterait immédiatement à la tête de Romeo…

Il inspira profondément, la gorge soudain nouée.

— Même s'il lui faisait vraiment des avances ?

— Monica a besoin d'une famille, insista sa mère. Et nous l'aimons déjà tellement, et…

Quoi qu'elle ait vu passer sur son visage, elle s'interrompit brutalement, bouche bée. Andrea retint une grimace. *Cristo*, il avait trente-quatre ans, et la dernière chose dont il avait besoin, c'était que sa mère devine au premier regard qu'il avait perdu le sommeil à fantasmer sur son assistante – sa *jeune* assistante.

— Mama, ne dis rien…

— Elle est trop jeune, Andrea, le coupa sa mère, indignée. Et si pure !

Il rit et l'attira dans ses bras, submergé d'amour de la voir protéger avec tant de férocité une inconnue invitée au sein de leur meute. Mais il n'en était pas surpris. Le nom des Valentini avait toujours rimé avec l'éthique et la morale, et son père avait toujours porté sa loyauté en étendard. L'avertissement de sa mère ne faisait que lui rappeler son père, son éducation, les valeurs qu'il avait tenté de leur inculquer, à lui et à Romeo, à commencer par la façon dont le pouvoir et le privilège pouvaient vicier et enfermer un homme tout autant que le libérer.

— Et maintenant, avec ce scandale médiatique…, murmura sa mère contre sa poitrine. Je veux savoir ce que tu as l'intention de faire.

— Je n'en sais rien, Mama. La situation m'a complètement échappé.

— Alors épouse Chiara, laisse Monica retourner au travail, et les spéculations se tariront d'elles-mêmes. Tu rêvais d'un avenir avec elle, à une époque, Andrea.

Elle fit un pas de recul, non pas pour échapper à son étreinte, mais pour soutenir son regard et caresser sa joue. Malgré lui, Andrea se sentit savourer ce geste qu'elle ne lui octroyait plus que rarement. Toute sa douceur était réservée à Romeo, et à Monica aussi, songea-t-il, sans une once de rancœur. Tous les deux le méritaient plus que lui.

— Chiara est sophistiquée, intelligente. Elle ferait une bonne épouse, non ?

— Je ne suis pas le même homme qu'il y a dix ans.

— Mais elle aussi a grandi, non ?

— Je ne crois pas, Mama. Après tout, elle a encouragé son père à l'utiliser comme un outil de marchandage dans l'espoir d'exploiter la fusion de nos entreprises. Si je sais quelque chose de Chiara, c'est ça : ce qu'elle veut avant tout, c'est du pouvoir et du prestige. Je n'ai rien contre les choix qu'elle veut faire pour sa propre existence, mais je refuse de jouer au même jeu qu'elle.

Sa mère sembla inquiète, comme si de telles manigances lui semblaient impossibles. Dans le doute, elle prit sa main et insista :

— Tu es sûr que ce n'est pas seulement à cause de ton orgueil blessé ? Ne la refuses-tu pas aujourd'hui parce qu'elle a choisi un autre homme à l'époque ?

— Mon orgueil n'entre pas en ligne de compte. Au contraire, je suis très heureux qu'elle n'ait pas accepté ma demande en mariage il y a dix ans. Je ne suis plus le gamin fier et aveugle que j'étais ; je ne ressens plus le besoin, Dieu merci, de prouver ma supériorité en gagnant le meilleur prix sur le marché. C'était ce qui nous liait à l'époque, tu sais. Et maintenant, ni elle ni le mariage ne m'attirent.

Elle hocha la tête. C'était un soulagement et une tristesse à la fois, de voir qu'elle n'insistait pas plus pour le pousser à se marier, alors qu'elle aurait pu utiliser l'héritage Valentini comme une épée de Damoclès signant son destin. Peut-être était-ce parce qu'elle savait ce qu'était une union heureuse ; elle l'avait perdue et ne s'en était jamais remise. Après avoir été témoin, année après année, du bonheur si sacré, si vrai que ses parents avaient partagé, opter pour une hideuse pantomime ressemblait très fort au blasphème.

Il ne pensait pas être fait pour le mariage, de toute façon, même s'il l'avait voulu.

— Chiara et son père ont fait un pari bien pervers en me menaçant d'annuler la fusion à ce moment critique, alors que tant d'emplois dépendent de son succès. Ils vont comprendre que je ne suis pas homme à courber l'échine devant la fourberie.

— Alors tu as l'intention d'utiliser Monica ?

— Utiliser Monica ? Mama, ce n'est pas une poupée que je pourrais placer comme je l'entends. La situation actuelle n'est pas de mon fait, et si je la retourne à mon avantage, ce sera parce que je n'aurai pas eu d'autre choix. Je dois protéger ma réputation et celle de Valentini Luxury Goods.

Avant que sa mère puisse lui demander plus de détails, il tourna les talons. Il avait tenté de garder ses distances. Il avait opéré son transfert au bureau, mais cette décision stupide lui avait déjà explosé au visage, puisque Monica était le pilier sur lequel reposaient bon nombre des tâches qui faisaient son quotidien. Cependant, la vidéo qui circulait maintenant sur Internet et l'histoire abracadabrante qu'avaient inventée les médias souillait le nom des Valentini ; le nom auquel son père avait donné tant de signification.

C'était inconcevable. Il fallait y mettre un terme. Et Andrea allait donc faire d'une pierre, deux coups.

5

Un regard. Un seul regard échangé entre lui et Romeo, pendant lequel Andrea tenta de rester entièrement de marbre – sans y parvenir –, un seul regard qui lui suffit à savoir ce que Romeo avait dans le cœur. En retour, il ne doutait pas que Romeo, lui aussi, avait lu en lui comme dans un livre ouvert ; ou plutôt, qu'il était bien conscient du languide hydromel qui dansait dans ses veines et régnait sur un royaume très au sud de son cœur.

— Ah, je demandais justement à Monica si elle était la raison pour laquelle tu nous avais négligés pendant trois semaines, lança Romeo avec un sourire taquin. Quel précédent tu crées, Andrea !

Debout près de son frère, Monica lui jeta un regard qu'elle s'empressa de détourner avec l'air de vouloir disparaître sous terre.

— Je pourrais être un gentleman, comme toi, rétorqua Andrea en ébouriffant les cheveux de son petit frère, et mentir, mais ce n'est pas mon genre. Monica est effectivement la raison de mon absence. Une tempête médiatique nous guette, avec Monica en son sein, et j'ai fait mon possible pour tuer le scandale dans l'œuf avant qu'il souille définitivement le nom de Valentini.

Monica se raidit et soutint enfin son regard.

— Je vous ai appelé dès que j'en ai eu vent, monsieur Valentini. Vous n'avez pas décroché.

De nouveau, un sursaut de cette exquise concupiscence le traversa, et il laissa courir son regard le long de son corps, le cœur battant. En quatre ans, il ne l'avait jamais vue habillée de façon si décontractée. Avec ce short en jean qui révélait ses longues, longues jambes fuselées, et un crop top qui dévoilait une de ses épaules dorées et une partie de son ventre, elle ressemblait à la *gelato* qu'il dévorait avec délice, jadis, pendant les jours d'été. Elle avait attaché ses cheveux en queue-de-cheval haute, soulignant du même coup ses traits graciles et anguleux.

— Je sais que la vidéo est problématique, mais...

— Ce n'est pas seulement que quelqu'un ait filmé le moment où je vous ai déshabillée et portée jusqu'à la voiture dans son intégralité, répondit-il enfin. Ce n'est même pas qu'on ait ensuite édité cette séquence pour en faire un clip avec une légende salace. Aujourd'hui, un journaliste d'investigation a contacté le siège de Valentini en s'inquiétant de votre bien-être... Et savez-vous ce qu'on lui a répondu, mademoiselle D'Souza ? Qu'après notre débâcle publique, non seulement je vous avais cachée quelque part mais, après cet abus de pouvoir, je m'étais lassé de vous et je vous avais renvoyée.

Monica pressa sa main contre sa bouche.

— Oh ! mon Dieu...

— La meilleure version de l'histoire, c'est celle qui raconte que nous avons une liaison depuis un moment et que, après un passage express à la mairie, vous êtes maintenant mon heureuse épouse, quoique très secrète. Ils ont commencé à faire des mèmes sur moi, vous savez ?

— Tout est ma faute..., marmonna Monica.

— Sans aucun doute, rétorqua sèchement Andrea, agacé de la voir presser une main sur l'épaule de Romeo, alors que c'était lui qui était venu lui porter secours.

— Andrea ! s'écria son frère, les yeux étincelants de colère. Comment peux-tu blâmer Monica ? Elle était malade. Quelle est *ton* excuse ?

— Non, Romeo, il a raison.

Monica fit un pas vers Andrea, comme une biche approche le repaire d'un lion, les épaules raides.

— Et je ferai tout ce qui est en mon pouvoir pour réparer mon erreur.

— Venez. J'ai une proposition à vous faire.

Andrea lui proposa son bras, courtois, mais elle hésita avant d'y poser la main.

— Pourquoi ne pouvons-nous pas en discuter ici ?

— Parce que ma propre famille aura ma tête si je fais un pas de travers, mademoiselle D'Souza. Êtes-vous si lâche que vous préférez vous cacher derrière eux ?

— Je ne me cache derrière personne, riposta-t-elle avec un mouvement de menton rebelle. *Vous* avez ordonné que je reste ici, que je sois mutée dans un autre département. *Vous* n'avez pas répondu à mes appels. Vous avez décidé que j'étais un problème à régler, une pathétique petite idiote, et vous m'avez laissée de côté alors que je devrais avoir mon mot à dire.

Andrea se figea. Dans les beaux yeux de Monica, la douleur et quelque chose d'autre aussi brillaient furieusement.

— Très bien. Et si j'admets que j'avais bien d'autres raisons que vos prétendus défauts pour demander votre mutation ?

— Est-ce que c'est vrai ?

— *Si.*

— Oh. Et vous pensez que je pourrais vous aider à corriger ce... chaos ?

— *Si.*

— Très bien. Dites-moi ce que je dois faire.

L'étau du désir se referma sur lui comme un carcan.

— Pourriez-vous m'attendre dans ma suite ? J'ai besoin d'un moment avec mon frère, d'abord.

Elle hocha la tête, serra une dernière fois la main de Romeo, et les quitta. Andrea n'attendit pas plus longtemps.

— Sais-tu que Mama souhaiterait que toi et Monica formiez un couple ? s'enquit-il d'une voix atone.

Le visage de Romeo se crispa.

— Ah, oui. Mama souhaite beaucoup de choses, Andrea. Dommage que nous ne puissions pas les exaucer, mmm ?

Oh ! et après toutes ces années, Andrea se sentait toujours aussi impuissant. Il secoua la tête.

— Romeo…

— Tu ne vas pas me voler ma chance avec elle, ne t'inquiète pas.

— Elle te fait rire, comme avant, murmura Andrea, en écho de la précieuse vérité qu'avait exprimée sa mère.

— C'est vrai. Elle a le don de me rappeler toutes les choses que je suis encore capable de faire. C'est une amie très chère, une présence exceptionnelle dans ma vie. Mais nous ne sommes pas attirés l'un par l'autre, pas de cette façon. Pas de la façon dont tu es attiré par elle.

— Ce n'est pas ce dont je veux discuter.

— Et pourtant, tu continues d'interférer dans ma vie, non ? Dis-moi, tu vas faire des recherches sur toutes les serveuses avec qui j'ose coucher ? Je ne suis pas une princesse dont tu dois protéger la virginité, Andrea.

Il sentit ses joues s'enflammer d'une honte coupable, mais il devait l'admettre, il était plutôt heureux que son frère ait trouvé… du plaisir dans les bras de quelqu'un. Ce n'était peut-être pas ses affaires, mais cela voulait dire que le cœur de Romeo commençait à cicatriser.

— Et bien que j'apprécie l'héroïque sacrifice que tu t'apprêtais à faire pour moi, railla Romeo, ce ne sera pas nécessaire.

— Oh ! ne sois pas si sûr de mon sacrifice, rétorqua Andrea. J'aurais simplement proposé que le meilleur gagne.

Un pincement d'égoïsme, et, en retour, un éclair de choc dans le regard de son frère, avant qu'il lâche un petit rire hautain.

— Exactement ce que voudrait Monica, tu ne penses pas ? Voir deux hommes adultes se battre pour elle comme deux chiens pour un os.

Le regard de Romeo chercha le sien et le transperça sans peine. Sa provocation l'avait trahi plus qu'il ne l'avait voulu.

— Tes capacités intellectuelles sont moins aiguisées que d'habitude si tu penses que Monica se pliera sans peine à tes... stratégies, Andrea, reprit Romeo. Mama, comme tout le monde, ne voit qu'une part d'elle.

— *Cristo*, ma propre famille semble penser que je suis un horrible monstre tout prêt à dévorer une biche au cœur pur.

Romeo rit de nouveau, mais cette fois, le son était sincère, et son visage bien plus chaleureux.

— Je comprends le bourbier auquel tu fais face, Andrea, même si Mama ne le voit pas. Je sais que tu dois passer à l'action, durement. Contre le scandale et contre Brunetti.

— Et ?

— Et je sais ce que tu as choisi de faire. C'est la seule solution que tu peux envisager, probablement. Je sais aussi où elle te mènera.

— Romeo...

— J'ai vu la façon dont tu l'as regardée, il y a quelques minutes, quand elle était sur mes genoux. J'avoue que j'ai ressenti la même chose, un jour... Ce désir égoïste qui te prend à la gorge alors qu'en tant que Valentini tu penses devoir garder un contrôle absolu sur toi-même.

— Et tu vas me déconseiller de poursuivre mon plan ?

— *Cristo*, bien sûr que non. Mama te fait une grande injustice en se comportant comme si j'étais le seul à avoir perdu quelque chose d'important, le jour de l'accident. Pourquoi déconseillerais-je à mon frère de poursuivre ce qu'il veut désespérément, quelque chose qui semble le faire revivre pour la première fois depuis dix ans ?

Andrea passa une main fébrile dans ses cheveux, secoué par la perceptivité de son petit frère. Secoué, aussi, par la description de ce désir qu'il savait vrai, et qui, mis en mots, semblait tout prêt à le consumer.

— Et ton amie, alors ?

— Mon amie a plus de courage dans son petit doigt que le reste du monde réuni. Tu sais quel est le plus beau cadeau qu'elle m'ait fait, pendant ces quatre dernières années, Andrea ? Elle m'a montré que le monde était un endroit incroyable, étincelant, sauvage, et combien je voulais toujours en faire l'expérience. Elle a juste besoin d'en prendre conscience, elle aussi. Et si quelque chose vient à la faire souffrir parce qu'elle aura décidé, avec toute cette détermination sublime qui la caractérise, de prendre un risque…

Le regard de Romeo, si semblable à celui de leur père, l'épingla sans pitié.

— Alors je serai à ses côtés pour la soutenir. Mais je ne peux pas la traiter telle une poupée de porcelaine, tout comme tu ne peux pas le faire pour moi.

Andrea se pencha et embrassa vigoureusement la joue rugueuse de son frère, submergé par la gratitude qu'il ressentait pour lui et pour la femme qui lui avait offert le cadeau si simple et si inconditionnel de son amitié.

— Tu as vraiment récupéré toute la sagesse de papa, dit-il en retenant les larmes qui lui nouaient la gorge. Je n'ai écopé que de son charme dévastateur.

Romeo lui frappa l'épaule, et son rire humide sonna aux oreilles d'Andrea comme une mélodie. Romeo fit rouler son fauteuil à ses côtés alors qu'ils retournaient vers la maison.

— Tu n'es pas seul, tu sais, Andrea. Ne l'oublie pas. Si la fusion tombe à l'eau, je veux dire.

Andrea hocha la tête, le cœur étrangement allégé. Pour la première fois depuis une décennie, il lui semblait que le monde lui offrait une nouvelle place. Ce ne serait jamais la même chose sans leur père, mais ce n'était pas aussi désespéré qu'il ne l'avait cru, ces dernières années.

C'était comme s'avancer vers une caverne au trésor, si le trésor était la vie et l'esprit si privés d'Andrea Valentini. Chaque marche rapprochait Monica d'une découverte fatidique dont elle n'oublierait aucun détail.

Lorsqu'elle avait rendu visite aux Valentini, et même pendant ces trois dernières semaines, elle avait toujours été installée dans la suite pour les invités, près de celle de Flora. Elle n'avait jamais mis les pieds dans cette partie de la maison.

La suite d'Andrea, située au premier étage, était un paradis de solitude, bien différente de son bureau d'acier et de chrome. Ici, tout était sculpté dans le bois et le verre, avec peu de décoration, et baigné d'un chaleureux soleil doré. Son espace évoquait une masculinité subtile, sobre et sérieuse, comme son propriétaire.

Un pan de mur entier était couvert de bibliothèques, du sol au plafond, et abritait des livres sur l'économie des affaires, sur les voitures de course et les sports extrêmes. Monica trouva même quelques trophées rutilants sur ses étagères... Mais le mur adjacent ravit bien vite son attention.

Au centre était placé un grand portrait d'Andrea, de Romeo et de leur père, Giovanni, ses bras autour des épaules de ses fils, une expression de fierté et de joie palpable sur son visage. Grand et distingué, Giovanni était un homme séduisant, comme ses fils, mais c'était avant tout une gentillesse simple et limpide qui irradiait de lui, jusque dans ce portrait statique. Même s'il avait disparu des années auparavant – dans l'accident qui avait blessé Romeo, lui avait dit Flora –, Monica sentait l'héritage qu'il avait laissé à ses fils. Un héritage qui rayonnait jusqu'au sens de l'éthique qu'Andrea protégeait férocement au sein de leur entreprise familiale. Oh ! quelle chance d'avoir connu un tel amour...

La peine, douce et mélancolique, lui serra le cœur.

Monica resta dans la pièce principale jusqu'à ce qu'Andrea fasse irruption dans la suite et la guide, sans un mot, dans l'énorme bureau. Lorsque ses yeux gris tombèrent sur elle, ils avaient toute l'apparence d'une caresse.

— Vous étiez censée vous remettre, ici. Pas perdre du poids.

Elle ne s'était pas attendue à une réprimande. Mal à l'aise, elle croisa les bras sur son T-shirt. Sa chair lui semblait soudain trop étroite pour contenir toutes les sensations qui vibraient en elle. Si elle avait su qu'il viendrait aujourd'hui, elle se serait couverte des pieds à la tête.

— Je suis désolée que mon corps ne se plie pas automatiquement à vos commandes et à vos désirs, rétorqua-t-elle, choquée de sa propre bravoure.

Et le rire d'Andrea lui fit l'effet d'une récompense.

— Mais je vois que votre repartie est en bonne voie de rétablissement.

Sa nuque fourmilla sous le regard qu'elle sentait passer sur sa peau nue. Pourquoi ne portait-elle pas de soutien-gorge, déjà ?

— Vous n'avez plus mal ?

— Non, pas du tout.

— Voilà au moins une bonne nouvelle.

Andrea Valentini n'était pas homme à échanger des banalités, elle le savait. Cette entrée en matière ne faisait qu'aiguiser la tension qu'elle sentait dans la pièce, comme si un événement dévastateur se profilait à l'horizon, un cataclysme qu'elle ne pouvait encore imaginer, même dans ses rêves les plus fous.

Ou ses cauchemars.

— Si vous comptez me licencier, monsieur Valentini, je préférerais...

— Monsieur Valentini ? Encore ? Et, *Cristo*, non, je ne vais pas vous licencier. N'aviez-vous pas un peu foi en moi, jadis ?

Avait-elle imaginé cet éclat blessé dans son regard d'argent ?

— Bien sûr que j'ai foi en vous. Mais je comprends aussi que le moment est grave.

— Et vous pensez que ma solution serait de me débarrasser de la seule personne innocente et impuissante dans cette affaire ?

Elle releva le menton, piquée par sa description. N'était-elle donc qu'*innocente* et *impuissante* ?

— Non. Mais je sais aussi que je ne serai pas jetée à la rue ou cachée aux yeux de tous comme une souillure faite à votre nom. Je pense simplement à l'entreprise et à votre réputation.

— Monica... Quoi que l'avenir nous réserve, avec l'entreprise, avec ce scandale, entre nous, je veux que vous compreniez que je n'abuserai jamais de mon pouvoir.

— Je sais, Andrea, dit-elle en lui laissant entendre sa conviction totale.

Son nom, sur ses lèvres, alors qu'elle était maîtresse d'elle-même plutôt que délirante de fièvre, resta suspendu entre eux comme une incantation. Le cœur battant, elle soutint son regard.

— Pourquoi vouliez-vous que nous ayons cette conversation dans votre suite ? s'enquit-elle.

Il poussa un soupir.

— Ma mère ne peut pas envoyer de domestiques nous espionner, ici. Et j'ai besoin d'une douche avant de m'occuper de ce...

— ... fiasco qui est aussi ma faute, finit-elle par dire, mécaniquement, étonnée d'entendre que Flora puisse s'intéresser à cette affaire alors qu'elle restait d'habitude à l'écart des décisions de l'entreprise.

— C'était une formulation malheureuse, marmonna-t-il en se massant la tempe, un rien de regret dans la voix.

Monica aurait pu être surprise de l'entendre exprimer du remords, mais autre chose subtilisa soudain son attention. Il s'était appuyé sur son énorme bureau en étirant ses jambes devant lui. Son pantalon de costume italien, taillé sur mesure, révélait dans cette position les muscles durs de ses longues cuisses. Avec l'économie qui caractérisait tous ses gestes, il défit les boutons de ses manches et les retroussa sur ses avant-bras hâlés et puissants. Puis, il ouvrit son col de chemise ; le pouls de Monica s'était envolé à mesure qu'il révélait chaque parcelle de peau olivâtre.

Son regard gris accrocha le sien, et quelque chose, entre eux, s'inséra à sa place, telle une pièce manquante au puzzle.

— Ce n'est pas comme si vous m'aviez forcé à vous déshabiller au milieu de la piazza, avoua-t-il, brisant la tension. Vous ne m'avez pas non plus obligé à vous porter à travers la place, vous ne m'avez pas demandé de vous muter dans un autre département. C'est moi qui ai mal géré ce jour-là.

— Je peux vous demander pourquoi ?

— Pourquoi... quoi ?

— Pourquoi êtes-vous si… en colère contre moi ?

— Je ne suis pas en colère contre vous.

— On dirait que si. C'est compréhensible, d'une certaine façon : j'ai mis en péril votre réputation professionnelle. Mais j'ai l'impression que c'est plus… personnel que ça.

Il fronça les sourcils et passa une main dans ses cheveux. Il la fixa un moment, et elle comprit que ce silence était une marque d'assentiment. C'était bel et bien personnel.

— Ah, souffla-t-elle. Est-ce que Mme Rossi vous en veut à cause de toutes ces rumeurs sur notre prétendue liaison ?

Comment Chiara pouvait-elle douter d'un homme comme Andrea ?

— Je peux lui parler, vous savez, reprit-elle. Lui expliquer qu'il n'y a jamais rien eu d'autre entre nous qu'une relation strictement professionnelle. Que vous ne m'avez jamais rien montré d'autre que de la gentillesse, que vous avez eu pitié de moi et que Flora vous a forcé à…

— *Basta !* marmonna-t-il, le visage assombri. Je ne vous ai pas fait l'aumône, Monica. Quant à savoir pourquoi j'ai aussi mal réagi, peu importe. Et croyez-moi, si Chiara était en passe de devenir ma fiancée, elle connaîtrait la vérité.

— Alors elle n'est pas en passe de devenir votre fiancée ?

— Je ne lui porte aucun intérêt ni au marché que propose son père s'il impose de telles obligations. Ce n'est que de la manipulation.

— Vous n'avez jamais eu l'intention de l'épouser ?

Un sourire éclair, doux comme un rayon de soleil, brisa l'expression sérieuse d'Andrea et lui coupa le souffle. Elle se sentit rougir sous l'étincelle amusée de son regard, même si elle ne comprenait pas l'origine de son amusement. À retardement, une autre vérité lui apparut.

— Vous voulez dire que tout le travail que nous avons investi dans la fusion n'a servi à rien ? Et tous ces emplois, et la nouvelle usine à Vienne…

— Brunetti a toujours fait passer son entreprise avant sa vie personnelle et sa famille. Mon père ne l'a jamais aimé pour cette raison, mais cela pourrait être à notre avantage, dans notre cas. Chiara est une enfant pourrie gâtée, et si elle lui a assuré que sa proposition était gagnée d'avance, il a dû ajouter cette condition maritale comme addendum afin d'ajouter une assurance plus solide encore à notre accord. Cela dit, quand il réalisera que je n'ai ni l'envie ni l'intention d'épouser sa fille... il est très probable qu'il n'ait aucun scrupule à la laisser de côté. Seulement voilà, c'est aussi une question de...

— ... fierté, continua Monica, pensive. Si vous dites non à sa propre fille, il se vexera. Il veut mettre en place cette fusion autant que vous, mais il veut aussi sauver la face.

— Exactement !

— Mais je ne comprends pas la stratégie de Mme Rossi, reprit-elle en fronçant les sourcils. Pourquoi risquer de vous perdre en jouant un jeu si dangereux ? Pourquoi ne pas vous avouer directement ses sentiments pour vous ?

Il rit doucement, quoique sans moquerie.

— Oh ! vous et Mama avez bien des illusions en commun.

Monica ne savait pas ce qu'il voulait dire par là, mais elle savait ce qu'il lui restait à faire.

— Je vais envoyer un communiqué à la presse immédiatement pour rendre public le fait que l'incident a été déformé et que j'ai juste été injoignable pendant ma convalescence...

— Je croyais que vous étiez terrifiée par la presse ?

— C'est vrai, mais je ne prends pas votre réputation à la légère, et je...

— J'ai une autre solution. Une solution qui réglerait nos deux problèmes.

Voilà le cataclysme, le sujet qu'il avait peiné à aborder. Monica inspira profondément, le cœur battant. Elle était prête à voir le couperet tomber, mais déjà, la douleur de devoir quitter Flora, Romeo et Andrea, lui serrait le cœur.

Trois semaines plus tôt, elle avait compris la nécessité de sa mutation. Elle avait même réussi à se faire croire que c'était un mal pour un bien, car un peu de distance lui permettrait peut-être d'oublier la révélation des sentiments qu'elle éprouvait à l'égard d'Andrea. Mais les choses avaient changé, depuis. Elle savait maintenant qu'il ne tenait pas à Mme Rossi, et elle soupçonnait qu'il tenait à *elle*, d'une certaine façon, d'une façon compliquée, autocratique et floue, mais vraie, aussi. Elle ne voulait plus partir. Elle ne voulait pas cesser de travailler pour lui, elle ne voulait pas s'éloigner de lui.

C'était un attachement aussi ridicule que malvenu, évidemment. Rien ne pouvait *réellement* se passer entre eux. Alors pourquoi ses sentiments étaient-ils si profonds, si univoques ? Pourquoi n'était-elle pas attirée par Romeo, lui qui était tout aussi joli garçon, et aussi chaleureux, ouvert et accessible ?

Mais non, c'était Andrea, sa stabilité, sa force et son authenticité qui la consumaient, comme si elle avait enfin, après tant d'années, accordé son cœur et son corps à la seule fréquence qui saurait la combler.

— Je vous écoute, dit-elle.

— Nous allons prétendre que les balivernes concoctées par la presse sont vraies. Que nous nous fréquentons depuis des mois et que, ce jour-là, nous avions l'intention de nous marier à la mairie, en coup de vent. À la dernière minute, nous avons réalisé que nous aurions brisé le cœur de Mama si nous ne l'avions pas laissée nous organiser une vraie cérémonie de mariage, et nous étions sur le point de repousser l'échéance lorsque vous vous êtes trouvée mal et avez eu besoin d'être hospitalisée. Dans deux jours, nous irons ensemble à un bal de charité. Cela nous permettra d'annoncer que nous formons un couple officiel.

Foudroyée, Monica ne parvint pas à répondre. Malgré tous ses efforts, elle ne pouvait que rester figée, muette, à le fixer.

Prétendre qu'ils étaient ensemble ? Qu'ils avaient une relation depuis des mois ? Aller à une soirée avec lui, et faire semblant d'avoir le droit de... de le toucher ? De l'embrasser ? De le désirer ? De le posséder ?

Soudain, il lui semblait qu'elle avait de nouveau de la fièvre.

6

Les mains d'Andrea saisirent ses épaules lorsque ses genoux fléchirent. Il sentait le pin et le clou de girofle ; le plus profond, le plus ténébreux des désirs la submergea. L'étreinte de ses doigts sur sa peau nue lui rappela le pouls d'excitation qui avait battu entre ses cuisses, ce jour-là, quand il avait touché sa cicatrice. Deux pas de plus, et ses seins frôleraient sa poitrine, et cette simple idée lui donna le tournis. Le dos de sa main chaude se pressa à son front.

— Est-ce un autre malaise, Monica ?

La pointe d'inquiétude qui vibrait dans sa voix dissipa ses frissons. Vraiment, elle se comportait comme une petite vierge victorienne, prête à s'évanouir au moindre contact ! Elle avait juste besoin d'un peu de distance. Elle secoua la tête et s'accorda un pas en arrière.

— Non, je vais bien. C'est juste…

Elle haussa les épaules.

— Ah, devina-t-il. La simple idée d'être ma fiancée est donc si terrifiante ?

— Bien sûr que non, répondit-elle en levant les yeux vers lui. Mais êtes-vous sûr que c'est ce que vous voulez ?

— Sûr et certain.

— Et les fiançailles vous permettraient aussi de contrer le stratagème de Mme Rossi ?

— Exactement. Son père pourrait revenir à la table des discussions sans que son orgueil en souffre trop. J'aurais une bonne raison d'avoir rejeté la proposition de sa fille.

— Et le comportement de Flora, le soir où Mme Rossi m'a accostée, peut même constituer une preuve de plus.

Tous les morceaux se recollaient, mais il restait un problème... Monica grimaça.

— Avez-vous pensé à Francesco ? Il ne va certainement pas corroborer notre version des faits. Il n'est pas machiavélique, mais s'il voit qu'il peut gagner quelque chose de cette affaire...

— Laissez-moi me charger de lui.

Elle haussa les sourcils, surprise.

— Comment ?

— Je suis Andrea Valentini. J'ai des ressources à ma disposition.

— Bien sûr, monsieur Valentini, dit-elle avec un rien de taquinerie. Personne ne peut oublier qui vous êtes.

L'éclair d'un sourire passa sur ses lèvres, et elle lui sourit en retour ; mais le silence retomba entre eux, et son visage sculptural reprit son sérieux lorsqu'il remarqua le tremblement de ses mains.

— Je sais que je vous mets dans une position difficile et je comprendrais votre refus, dit-il en se détournant.

Comme elle ne disait toujours rien, il hocha la tête.

— Très bien. Revenons à votre idée. Nous commencerons par le communiqué, si vous êtes toujours d'accord. Vous pourrez contacter la presse dès demain.

— Non, je veux... Je veux vous aider. Je veux vous rendre, à ma petite échelle, toute la bonté que vous m'avez donnée pendant quatre ans.

Il fit volte-face, étincelant d'une nouvelle irritation.

— Monica, feriez-vous de moi un monstre, comme la presse ?

— Quoi ? Non. Pourquoi n'acceptez-vous pas que je vous rende... ?

— Parce que toute la bonté que mon frère, ma mère et moi avons montrée à votre égard a été octroyée librement. Vous nous insultez en pensant qu'elle mérite contrepartie...

— Non, ce n'est pas ce que je voulais dire. Je n'avais rien et je ne connaissais personne quand je suis arrivée ici. Maintenant, j'ai tant de choses, et je veux contribuer...

— Si c'est la raison qui vous pousse à accepter ma proposition, alors arrêtons immédiatement. Si j'avais tenu compte de votre sens de l'obligation exacerbé, je n'aurais jamais considéré une telle marge de manœuvre. Si vous pensez avoir une dette envers nous, qu'en est-il de nous ? Comment pourrons-nous jamais vous rendre ce que vous nous avez offert en frôlant la mort pour sauver ma mère ? Quel est le prix pour un tel sacrifice ?

Monica laissa échapper un grognement de frustration. Pourquoi ne parvenait-elle pas à exprimer ce qu'elle voulait dire ? Elle n'avait fait que l'aliéner un peu plus à chaque mot.

— Je suis désolée : mes mots étaient inadéquats. Tout ce que je voulais dire, c'est que si je peux faire quoi que ce soit pour vous aider à vous sortir de cette affaire, dont je suis partiellement responsable, alors je serais ravie de vous venir en aide. Je me demande juste si vous avez bien réfléchi aux conséquences.

Il haussa un sourcil surpris et scruta un instant son visage comme s'il la voyait pour la première fois. Elle ne trouva aucune irritation dans ses prunelles ; seulement un éclat d'admiration et de curiosité.

— Trois semaines avec Romeo, et voilà que vous mettez en doute mes capacités de réflexion ?

— Les expériences horriblement humiliantes ont l'avantage de vous apprendre un peu la vie, j'imagine, dit-elle en haussant les épaules. Maintenant, quand je réfléchis à ce qui pourrait m'arriver de plus insupportable, je me dis que j'ai déjà pas mal fait le tour.

— J'en suis navré, mais cette nouvelle assurance vous va bien. Je vous écoute, quelles sont vos réserves ?

— Je ne suis pas... une habituée de la haute société dans laquelle vous évoluez. Même parler quelques minutes avec Mme Rossi, qui est si sophistiquée et élégante, m'a donné envie de disparaître. Ça tombe plutôt bien, puisque j'ai à peine pu me défendre quand elle m'a ordonné de garder mes distances, mais j'ai tout de même peur de faire plus de mal que de bien à votre réputation. Je ne sais pas mentir et je ne connais rien à la mode...

— Tout cela, ça s'apprend. Ce qui compte, c'est que vous en

savez assez sur moi, et c'est plus que ce que la plupart des femmes peuvent prétendre, même Chiara, je pense. Ne laissez personne vous faire croire que vous prenez plus de place que vous ne le méritez, Monica. Même moi.

— J'essaye, croyez-moi.

— *Bene*. Autre chose ?

— Oui. Mon plus gros problème.

Pour éviter de se noyer dans ses yeux gris, elle se mit à arpenter la pièce, le cœur battant la chamade. Elle devait lui dire. Elle devait lui faire comprendre ce qu'elle ressentait avant qu'ils se brûlent les ailes.

— Il faut que vous preniez votre décision en toute connaissance de cause. Je pense que ce sera rédhibitoire, mais je ne veux pas jouer de jeu avec vous, et je ne pense pas que j'en serais capable, même si je le voulais. Et j'ai peur que...

— Monica, qu'y a-t-il ?

— Vous... Vous m'attirez ! s'écria-t-elle d'un seul coup, comme on retire brutalement un pansement.

Dio mio, c'était bien le dernier aveu qu'Andrea s'était attendu à entendre – et déclamé avec tant de sincérité... L'attraction brute et pure qu'il ressentait pour elle l'avait choqué, lui aussi. Mais il avait assez d'expérience pour savoir que ce désir était partagé (après tout, il avait cru, jadis, lorsqu'il n'était qu'un jeune pilote de voitures de course aussi insupportable qu'arrogant, que toute sa prouesse masculine résidait dans le nombre de femmes qu'il parviendrait à séduire). Il s'était demandé, pendant ces trois dernières semaines, alors qu'il s'efforçait de ne pas lui rendre visite, si elle en avait manqué les signaux de son côté. Ou si elle avait décidé de se mentir à elle-même, de jurer qu'elle ne ressentait rien, puisqu'elle se pensait visiblement amoureuse d'un petit voyou de pacotille. Les gens se raccrochaient au mensonge pour ne pas perdre pied, même lorsque les preuves les plus tangibles se présentaient à leurs yeux.

Mais voilà : elle lui donnait la réponse qu'il avait désespérément voulu entendre, offerte avec une simplicité presque insoutenable.

La façon dont elle avait croisé les bras, sur la défensive, toucha quelque chose en lui qu'il ne se connaissait pas. Pensait-elle donc qu'elle avait tort, qu'elle était coupable de le désirer ?

— Regardez-moi, Monica.

C'était la première fois qu'elle défiait une de ses demandes. Têtue, elle garda le regard fixé sur le sol, et reprit sa marche à travers le bureau.

— Je suis horrifiée de… de ressentir tout cela à votre égard, et je n'en comprends même pas toute la teneur. Je n'ai jamais fait l'expérience d'un tel… Même avec Francesco, ce n'était pas…

— Je n'ai pas besoin d'un tableau de comparaison, merci.

La raillerie ne lui arracha même pas un sourire. Elle se contenta de secouer la tête.

— J'espérais que ces trois semaines suffiraient à me réveiller de cette transe, mais non. Je ne peux pas me mentir. Ni vous mentir. Et j'ai peur que vous…

Elle s'interrompit, une main sur la délicate colonne de sa gorge, le souffle court. Il retint une grimace. Horrifiée ? Elle était horrifiée ? Il n'avait pas besoin qu'on flatte son ego, mais c'était tout de même un peu dur à entendre.

— Que je tire avantage de ce… ces sentiments que vous ne comprenez pas ? proposa-t-il.

— Quoi ? s'écria-t-elle en écarquillant les yeux. Non ! Bien sûr que non. Je crains juste que vous ne soyez… répugné par ma présence. Si nous faisons semblant d'être en couple, je sais que je ne pourrai pas vous cacher toutes mes réactions. Ce n'est pas que j'essayerai de vous séduire, et peut-être que je réagis aussi stupidement parce que j'ai besoin d'un remplacement après le fiasco qu'a été ma relation avec Francesco…

— Par pitié, je préférerais vraiment que vous cessiez de mentionner ce vaurien pendant nos conversations.

Elle leva enfin les yeux, attentive, et son regard s'aiguisa de curiosité.

— Vous êtes encore en colère contre moi.

— Il semble que vous soyez plus à même de juger mes humeurs que de comprendre vos propres sentiments.

Elle ne cilla pas. Au contraire, sa propre tension sembla apaiser la sienne.

— Pourquoi êtes-vous en colère, Andrea ?

— Mon fragile orgueil vient d'être piqué, soupira-t-il.

Elle sourit alors, et son visage s'éclaira tout entier. Ses beaux yeux d'ambre scintillèrent de plaisir. Quelle nuance prendraient-ils lorsqu'ils brûleraient de désir ?

— Je pensais que ce n'était pas possible. Dites-moi la vérité, s'il vous plaît. Si je sais une chose, une seule chose, c'est que vous êtes le pilier le plus solide de ma vie. Je vous connais, et je sais toujours où j'en suis avec vous.

Andrea réprima une grimace. Si elle continuait d'utiliser ce ton suppliant, si plein de confiance, il risquait bien de lui accorder tout ce qu'elle lui demanderait.

— Je ne suis pas en colère contre vous.

— Mais frustré ?

Frustré, c'était le cas de le dire. Il haussa les épaules et posa la question qu'il n'aurait pas dû poser :

— Voulez-vous passer à l'acte ?

Elle cligna des yeux. Il semblait qu'il aurait tout aussi bien pu lui demander de sauter d'un train en marche.

Il préférait habituellement des partenaires expérimentées, des femmes qui aimaient et exigeaient leur plaisir avec autant d'enthousiasme qu'il le faisait lui-même. Et puis, il y avait Monica, qui semblait toute susceptible de perdre pied sous le joug d'un baiser passionné. Alors que lui prenait-il ?

Elle était belle, c'est vrai, mais la beauté ne lui avait jamais suffi, pas depuis qu'il avait grandi.

— Pardon ? murmura-t-elle, tremblante.

— Voulez-vous passer à l'acte ? Explorer cette attraction ?

— Pourquoi... Que voulez-vous dire ?

— Je veux dire que c'est mutuel.

Elle resta un instant bouche bée, mais son regard, comme aimanté, tomba enfin sur sa bouche et n'en bougea plus.

— Vous voulez dire que je vous attire aussi ? Que vous voulez…

— Que je vous veux, vous.

Elle déglutit. Il laissa échapper un petit rire.

— Je ne sais pas si vous vous êtes regardée dans un miroir récemment, mais vous êtes très sexy, *bella*.

— Je représente juste une combinaison de traits symétriques, de constructions sociales et d'injonctions arbitraires et patriarcales que nous avons tous et toutes appris à admirer, mais vous, vous êtes…

Ses yeux d'ambre glissèrent sur lui, de ses cheveux à sa bouche, puis le long de son cou, de son torse, avec une précision presque douloureuse, avant qu'elle relève brusquement le regard.

— Quoi donc ? demanda-t-il en souriant. Un pavé de pierre insensible ?

Mais, malgré son insolence, il se sentait aussi instable, aussi tendu qu'elle semblait l'être. Pourquoi avait-il l'impression de n'avoir jamais vécu un moment d'une telle intensité ?

Il reprit :

— Je voudrais vous inviter dans mon lit immédiatement et vous donner ce que vous voulez et vous demander de me donner ce que je veux en retour, si vous étiez d'accord. Voilà ce que je veux dire par passer à l'acte. Ma seule hésitation, c'est que je ne suis pas certain que ma mère ne vienne pas marteler à ma porte pour protéger son innocente biche de mes terribles griffes.

Les joues hâlées de Monica s'étaient empourprées ; elle pressa une main contre sa bouche.

— Flora le sait ?

— Je crois que le monde entier le sait. À part vous.

À cet instant, elle avança vers lui, et de nouveau le surprit. Il sentait le magnétisme qui les unissait. Son regard doré, habituellement si prudent, soutint le sien sans fléchir. Elle avait serré les poings… Il comprenait ce besoin-là, aussi.

— Je ne sais pas que penser, murmura-t-elle après une éternité de secondes brûlantes, affamées.

— Moi non plus, admit-il sans laisser sa déception nuancer sa voix. Mais l'alchimie naît de la nature et de l'instinct. Nous ne sommes pas obligés d'y succomber.

— Mais vous en avez en envie ?

Il la toucha alors, d'un frôlement de son pouce au creux de son poignet. Sous la peau soyeuse, son pouls partit au galop, et il écouta son souffle s'accélérer comme on savoure une mélodie exquise.

— Oui. Mais ce ne serait qu'une liaison, une aventure, comme vous dites. Limitée dans le temps. Je ne ferai pas de fausses promesses. Je ne vous vends pas le fantasme d'une relation sérieuse, et je vous mentirai en vous disant que je cherche une partenaire sérieuse, une future épouse. Ce n'est pas le cas. Je n'ai aucun intérêt et aucune inclination pour l'amour.

— Combien de temps nous donneriez-vous ?

Il rit, et elle fit la moue de sa jolie bouche et amorça un mouvement de recul agacé, mais il la retint d'une main douce sur la sienne.

— Si vite agacée, petite souris ? Je vois que vous vous faites de nouvelles griffes.

Ses yeux de chat étincelèrent.

— Vous vous moquez de moi.

— Non. Je n'ai simplement jamais rempli de questionnaire avant de m'embarquer dans une liaison.

Elle le dévisagea un moment, curieuse, avide, et son regard tomba de nouveau sur sa bouche, avec un désir si transparent qu'il se sentit frissonner de convoitise.

— Et je n'ai jamais eu de liaison avec un homme… comme vous.

— Un homme comme moi ?

— Un homme trop bien pour moi. Un homme qui irradie d'assurance et de sensualité et…

Il secoua la tête. Son honnêteté ne faisait qu'attiser la soif qu'il avait d'elle, et une petite voix, la petite voix rationnelle qui dictait toujours ses faits et gestes, lui susurrait qu'elle était trop sincère, trop naïve, que tant de choses pouvaient mal tourner... Et pourtant, il s'entendit répondre :

— J'aimerais pouvoir vous donner une date de péremption, claire et nette, mais je n'en sais rien. Peut-être vous lasserez-vous bien avant moi.

— Peut-être dans un univers parallèle, rétorqua-t-elle.

Elle attrapa sa main à son tour, d'un geste un peu hésitant, et le contact vibra en lui comme un coup de tonnerre. Était-il donc si esseulé qu'il se trouvait troublé du moindre attouchement ? Ou était-ce elle qui provoquait une telle réaction chez lui ? Un jour, elle comprendrait le pouvoir qu'elle semblait avoir sur lui.

— C'est le bon moment pour le faire, dit-elle d'une voix plus rauque. Les fausses fiançailles, la proximité forcée... Ce sont de bonnes couvertures pendant que nous exorcisons ce qui nous lie pour le moment.

Il cligna des yeux, et sous son attention, elle rougit de nouveau. Il n'avait jamais discuté des termes d'une potentielle liaison, et la transparence totale dont elle faisait preuve l'inquiéta soudain. Sa mère avait-elle raison d'être choquée par son comportement ? Monica était-elle trop ingénue, trop droite pour une telle proposition ?

Il recula d'un pas, brusquement ; elle haussa un sourcil.

— J'ai tendance à croire les gens sur parole, mais je ne peux oublier que vous venez juste de vivre une expérience traumatique qui a sans doute bouleversé votre vie. Vous avez vous-même dit que vous ne saviez pas que penser. Comment m'avez-vous appelé, tout à l'heure ? Un remplacement ?

— Ah...

Lentement, délibérément, elle se détourna pour se planter derrière le bureau. Elle se pencha en avant, les mains arrimées aux bords de la table, et sous l'intensité de son regard ambre, elle se crispa de désir. Elle le fixait toujours, les yeux immenses, et il lui rendit son regard, traversé par une pulsation languide de plaisir, transporté par la douloureuse conscience de sa beauté. Le silence s'éternisa. Sur son visage délicat, plusieurs émotions se querellaient. Finalement, elle pinça les lèvres et sauta le pas.

— Vous êtes en train de changer d'avis. À propos d'une liaison, et de votre désir pour moi.

Il se frotta le visage, soudain harassé par tout le poids de ses trente-quatre ans.

— Non. Je sais que je vous veux, Monica, et je sais toutes les façons dont je vous veux. Je pense sans arrêt à toutes les règles que je brise en admettant combien je vous veux à voix haute.

— Et si je vous disais que j'étais sûre, Andrea ? Que je veux partager cela avec vous, quoi qu'il arrive.

— Peut-être n'aurais-je jamais dû proposer...

— Alors pourquoi l'avez-vous fait ?

— Parce que j'ai perdu le contrôle. Parce qu'en vous entendant confesser le même désir que le mien, j'ai oublié les complications qui nous lient déjà. Quand je vous ai invitée ici, je ne voulais vous parler que de nos fausses fiançailles, pas vous proposer une véritable aventure.

— Je sais. C'est moi qui ai commencé. C'est moi qui en ai parlé en premier.

Il la fixa, écartelé, priant pour qu'elle abandonne, pour qu'elle l'abandonne.

— Dois-je signer un contrat pour vous assurer que je ne vous demanderai pas plus que ce que vous pouvez me donner, que je ne m'accrocherai pas à vous lorsque notre aventure sera terminée, que je suis assez vieille, assez mature et assez libre pour avoir une relation sexuelle avec Andrea Valentini, mue uniquement par la recherche de plaisir, et sans risque que tout cela ne monte à ma petite tête de linotte ?

Il jura entre ses dents. Elle hocha la tête, comme s'il avait répondu à sa question, et se redressa avec une dignité tranquille. Elle tourna les talons. Elle avait presque atteint les doubles portes lorsqu'elle s'arrêta, juste une seconde, pour lui jeter un coup d'œil par-dessus son épaule.

— À quelle heure dois-je me tenir prête pour le gala ?

— Monica…

— Nous ne perdrons pas cet accord. Je ne cesserai pas de travailler pour vous à cause d'un événement qui n'est pas arrivé, ou à cause de ce que cet abruti m'a fait. Et je ne les laisserai pas ternir votre réputation.

Il y avait de l'acier dans sa voix légèrement tremblante, et il n'en était que plus avide d'elle.

— En revanche, je vais avoir besoin de vêtements et de chaussures et peut-être aussi d'un peu d'aide avec le maquillage…

— Vous êtes la femme la plus sublime que j'ai jamais vue et, croyez-moi, j'ai rencontré beaucoup de femmes.

— Bien sûr, dit-elle en souriant, railleuse. J'oublie toujours que vous avez eu votre phase play-boy.

Mais son humour s'évanouit presque aussitôt.

— Je suis sérieuse, Andrea. Je ne veux pas vous décevoir.

— Vous ne pouvez pas me décevoir.

— Je ne veux pas *me* décevoir non plus. Après mon mariage raté, j'ai bien besoin d'un regain de confiance. En tant que fausse fiancée du PDG de Valentini Luxury Goods, j'ai bien le droit d'aller jeter un coup d'œil aux pièces que vous gardez dans le dressing designer, n'est-ce pas ? J'ai entendu tant d'anecdotes, je rêve d'y aller.

— Pourquoi n'avez-vous pas demandé avant ? s'étonna-t-il avant de secouer la tête. Bien sûr… Votre liste d'obligations.

— J'ai votre permission ?

— *Si.*

— Et juste pour le gala, puis-je faire appel aux stylistes et aux maquilleurs pour m'aider à me préparer ?

— *Si.* Mama peut les contacter.

— Et à qui puis-je demander conseil pour séduire un homme si brillant, sublime et impitoyable que mes jambes flageolent même quand il me foudroie du regard et me traite de casse-tête ambulant ?

Il retint de justesse un sourire, et de justesse aussi l'envie dévorante de bondir par-dessus le bureau pour l'attirer à lui et l'embrasser à perdre haleine. Il aurait pu, il aurait pu déchirer ce stupide T-shirt qui dévoilait son ventre et ses épaules, faire pleuvoir des baisers sur sa gorge dorée, mordre la courbe fière de son sein, glisser sa langue sur le relief délicieux de ce téton dressé qu'il devinait à travers l'étoffe, jusqu'à ce qu'elle s'arque contre lui et le supplie de poser sa bouche ailleurs et crie son nom.

Au lieu de cela, il inspira profondément et se contenta de savourer sa beauté si extraordinaire, et le rythme riche et brûlant de son propre pouls.

Il voulait dire oui à cela aussi. Il voulait dire oui à tout ce qu'elle lui demandait, si elle lui demandait sur ce ton-là. La souris avait pris en audace, et il en était plus excité que jamais. Peut-être ne partagerait-il jamais son lit avec elle mais, *Cristo*, il se sentait renaître lorsqu'elle flirtait avec lui, qu'elle dépassait la frontière silencieuse qui les avait trop longtemps séparés ; et même quand elle le foudroyait du regard.

— Vous vous faites bien insolente.

Elle secoua ses doigts, avec dans les yeux une lueur dansante d'un plaisir taquin qu'il ne lui avait jamais vue. Elle irradiait d'énergie, et d'une détermination qu'il commençait à bien connaître.

— J'essaye juste mes nouvelles griffes, dit-elle en souriant.

Et sur ce, elle quitta la pièce, et il resta un long moment dans son fauteuil, à se demander s'il avait ouvert une boîte de Pandore – sans parvenir à le regretter d'un iota.

7

Deux soirs plus tard, Andrea l'attendait, planté dans le salon de la maison de famille, perclus d'impatience et d'anticipation. Il n'était pas aussi investi lorsqu'il s'agissait de cette foutue fusion qui le torturait depuis des années.

Mais après tout, il connaissait les règles du jeu, dans les affaires. Il avait même le pouvoir de les écrire lui-même. Alors qu'avec Monica... les paris étaient ouverts. Il se sentait aussi immature et incertain qu'il l'avait été quand il n'était qu'un gamin.

Quoi qu'il en soit, elle était en retard.

C'était très inhabituel pour Monica, tant et si bien qu'il se demandait si elle n'avait pas changé d'avis pendant ces deux jours de séparation. Il ne lui en voudrait pas, bien sûr. Il essayerait même de voir cette décision comme la meilleure solution – peut-être pas pour Brunetti et pour l'entreprise, mais pour sa propre paix d'esprit, car au moins, il n'aurait pas à passer des mois à lutter contre une tentation de tous les instants.

Dio mio, ses derniers mots l'avaient hanté pendant deux jours et deux nuits. Un écho de son parfum solaire avait perduré longtemps après son départ. Il s'était réveillé, à l'aube, après une nuit agitée, dur comme la pierre, persuadé d'avoir senti ses doigts sur sa peau – déçu de se découvrir seul. Ils n'avaient partagé qu'une caresse, et l'écho qu'avait laissé sa main au creux de la sienne l'avait tourmenté pendant des heures. Pour la première fois depuis des années, il avait rejeté les draps et avait dû prendre son érection en main. Les yeux fermés, il avait passé de longues minutes à repasser les images que son esprit avait jalousement gardées de Monica, comme une languide bobine soudain déroulée pour son plaisir.

La courbe de ses seins, lorsqu'elle s'était penchée en avant, au-dessus du bureau. Le relief élancé de ses cuisses musclées, qu'il avait admirées en short et senti sur son bras en la portant jusqu'à la voiture. La chaleur de ses joues quand elle était embarrassée ou agacée ; l'exclamation muette de sa bouche sensuelle quand il la touchait...

Il avait accéléré la cadence, consumé par la pression de sa propre main ; consumé, plus encore, par cette ultime image, celle de son regard d'ambre accroché à ses lèvres, à une seconde de succomber à la tentation d'un baiser... Et il s'était déversé sur ses draps, dans un orgasme si soudain, si débridé qu'il en était resté prostré, tremblant, pendant de longues secondes, moite de sueur, la respiration heurtée.

Voilà un autre luxe qu'il ne s'était pas autorisé depuis longtemps, depuis plus de dix ans ; pris par le temps, par l'expérience, par l'usure. Et soudain, il rassembla ses draps pour les jeter, clandestins, dans le sac à linge sale, et vérifia son portable tel un adolescent enamouré pour voir si elle ne lui avait pas envoyé un message pendant la nuit, avant de se glisser sous une douche glacée.

Pourquoi était-il donc si attiré par Monica ? Pas seulement attiré, non, *accordé*, ainsi qu'une corde à un instrument, et comme il ne l'avait jamais été avec aucune femme. Peut-être avait-il atteint un point de rupture, après tant d'années à se priver de tous les plaisirs, comme de rester couché à imaginer une belle femme dans ses bras, ou savourer la douceur de ses draps contre sa peau, l'excitation de la joute verbale et de la séduction ; de profiter, corps et âme, d'une existence qu'il avait bâtie à la sueur de son front et à l'amertume de ses larmes.

C'en était trop, il l'avait décidé à ce moment-là. Il avait toujours été un homme ordonné, qui aimait les choses claires et définies. Mais il s'était perdu dans des limbes bien flous, c'était évident. Il avait brûlé la chandelle par les deux bouts, travaillant quatre-vingts heures par semaine, en quête constante de nouvelles productions, de nouvelles idées, de nouveaux designs, de nouveaux investissements, pendant treize longues années... Jusqu'à ce que Brunetti le contacte lui-même pour lui proposer cette fusion. Il avait bataillé, sans reprendre son souffle, en s'oubliant tout à fait, pour atteindre un autre record, un autre milieu, un autre développement météorique, jusqu'à ce que les rêves de son père deviennent réalité. Jusqu'à ce qu'il offre à sa mère et à son frère assez de pouvoir et de prospérité pour qu'ils n'aient jamais besoin de rien, quoi qu'il lui arrive. Jusqu'à ce que Valentini Luxury Goods devienne synonyme de luxe et d'innovation dans l'industrie mondiale.

Et pendant ce temps, il n'avait jamais appris à célébrer ses succès, à profiter des plaisirs durement acquis. Bien sûr que la ridicule condition de Brunetti l'avait fait trébucher si facilement. Bien sûr qu'il était au bord du gouffre. Bien sûr que Monica, par sa simple présence, faisait vaciller son équilibre, non... le faisait tomber à genoux sans même le vouloir.

— Andrea ! C'est le troisième en vingt minutes, tu es fou ?

La voix de sa mère le ramena brutalement sur terre, et il la laissa lui retirer le verre de vin qu'il venait de se servir. Pour la première fois ce soir-là, il remarqua son rouge à lèvres carmin, son chignon sophistiqué, sa robe bleu marine et le sobre ras-de-cou en diamants que son père lui avait offert. Elle était sur son trente et un, un effort qu'il ne lui avait pas vu faire depuis des années. Sa peau était lumineuse, et elle avait dans les yeux une joie simple qui l'emplit de chaleur.

— Quel animal je fais, Mama, de ne pas t'avoir dit combien tu es jolie ce soir. Papa t'adorait dans cette couleur.

Sa mère rougit, claqua de la langue et lui tapa le bras. À ses côtés, Romeo lâcha un petit rire.

— *Grazie mille*, Andrea. Maintenant, arrête de boire.

Elle sembla lire quelque chose sur son visage ; son sourire s'évanouit, remplacé par une expression de surprise.

— Oh. Tu es impatient de la voir. Tu… l'apprécies, n'est-ce pas ? Tu l'apprécies plus que tu…

Andrea l'interrompit d'un grognement.

— Je n'ai plus dix ans, Mama.

Irréductible, elle lui saisit la joue. Il piaffa sous ses cajoleries, pas parce que sa mère voulait le recoiffer comme un gamin alors qu'il avait trente-quatre ans bien sentis, mais parce qu'il ne pouvait soutenir l'étincelle de souffrance que son propre visage faisait toujours brûler dans le regard de sa mère.

S'il taquinait souvent Romeo à ce propos, c'était lui, en réalité, qui ressemblait le plus à leur père. Pendant presque un an après l'accident, sa mère avait été incapable de le regarder dans les yeux. La perte de son mari l'avait tant brisée qu'elle avait même peiné à le mentionner, pendant très longtemps. Parfois, les jours les plus sombres, il s'était demandé si elle le haïssait, si elle pourrait un jour lui pardonner d'avoir causé leur drame.

— Romeo m'a rappelé que j'étais injuste avec toi, dit-elle, les yeux brillants. Je ne devrais pas te juger pour cette… liaison, qu'elle soit vraie ou fausse, comme si tu étais un terrible prédateur, alors que tu n'as pas eu l'air aussi heureux depuis longtemps.

Andrea grimaça, mal à l'aise sous son regard scrutateur.

— Je préférerais que tu ne discutes pas de ma vie personnelle avec lui. Ou avec moi. Ou du tout. Il y a des choses dont un homme ne discute pas avec sa mère.

— Alors ce n'est pas une fausse liaison ?

Il grogna comme un gamin malmené ; elle rit doucement, un son qu'il n'entendait pas assez souvent.

— J'avais simplement oublié, pendant un instant, que tu étais le fils de ton père, Andrea. Tu ne ferais jamais de mal à quiconque, pas consciemment. Quant à tes… désirs d'homme adulte, rappelle-toi ce qu'il…

— Mama, je t'en supplie, la coupa-t-il en saisissant à son tour son visage. C'est pire que le jour où papa et toi m'avez expliqué ce qu'était le sexe. Au moins, j'avais été rémunéré pour mon effort, ce jour-là.

Sa mère rit de nouveau, et se hissa sur la pointe des pieds pour poser un baiser sur sa joue.

— Je veux juste que tu sois heureux, Andrea. Quoi qu'il advienne. Je ne l'ai pas assez dit, ces derniers temps.

— *Cristo*, Mama, marmonna Andrea en la prenant dans ses bras, la gorge nouée. Je suis un adulte. C'est à moi de prendre soin de toi. À moi, et à Romeo.

— Hé, n'en profite pas pour me donner des corvées, ricana Romeo, venant du même coup à sa rescousse.

— Un peu de corvées, ça te ferait du bien, rétorqua Andrea en délivrant sa mère pour pousser son cadet, assez fort pour que le fauteuil roulant couine sur le sol de marbre.

Choquée, leur mère laissa échapper une exclamation scandalisée, encore amplifiée par la réaction de Romeo, qui stabilisa son fauteuil pour mieux frapper Andrea d'un coup de poing droit dans l'estomac, un ricanement aux lèvres.

— *Basta* ! Qui vous a donc inculqué ces manières ? Pas moi ni votre père !

Andrea n'était pas parvenu à esquiver, et s'apprêtait à riposter sans pitié, mais sa menace rieuse mourut sur ses lèvres lorsqu'un mirage vêtu de rose apparut en haut de l'escalier.

Monica s'était figée en haut de la galerie circulaire, ses grands yeux d'ambre écarquillés, et s'enquit :

— Que se passe-t-il ?

Andrea avait l'impression qu'on venait de lui taper sur la tête plutôt que dans l'estomac. Machinalement, il lissa sa veste, le cœur battant. Sa robe rose, sans manches, qui moulait ses seins et s'évasait ensuite, lui donnait l'air d'une fleur luxuriante. Le rose soutenu soulignait le hâle de ses épaules et de sa gorge, brillant comme de l'or poli. Ses cheveux sombres et soyeux avaient été légèrement ondulés et cascadaient autour d'elle comme un halo. Alors qu'elle descendait les marches, il remarqua la fente qui montait jusqu'à sa cuisse et dévoilait, à chaque pas, ses jambes élancées et les talons aiguilles, dorés, qui la grandissaient encore. Andrea déglutit difficilement et se força à détourner le regard. Il compta lentement une expiration, une inspiration. Elle l'atteignit ; son parfum subtil l'enivra.

— Que se passe-t-il ? répéta-t-elle en se tournant, inquiète, vers Romeo.

Il serra les dents ; Romeo croisa son regard et gigota des sourcils, une provocation puérile, destinée à lui seul. Dos à lui, Monica ébouriffa les cheveux épais de son frère. Devant cette affection si simple et si ouverte, une jalousie brutale brûla la gorge d'Andrea.

— Les frères Valentini ont oublié qu'ils étaient des hommes et se chamaillaient comme des voyous, répondit Flora en attrapant la main de Monica. Tu es superbe, *cara*.

Monica sourit à sa mère. Elle n'avait toujours pas croisé son regard.

— Merci. Toi aussi, Flora.

— J'espère que tu n'es pas trop nerveuse. Quoi qu'il arrive, Romeo et moi serons là pour t'épauler, et quiconque nous demande quoi que ce soit ne pourra pas douter que nous te considérions déjà comme faisant partie de la famille.

— Du moment que je peux vous aider, tout va bien.

— Tu représentes bien plus qu'une aide pour nous, et tu le sais, sourit sa mère en tapotant sa joue. Oh ! et je recommanderais bien un bijou avec ta tenue, mais je vais laisser cet honneur à Andrea. Tu viens, Romeo ?

Son frère et sa mère arriveraient au gala séparément. Avant de se détourner, néanmoins, Romeo tira Monica à lui et lui murmura quelque chose à l'oreille, un secret assez scandaleux pour que les joues de Monica prennent la même nuance que sa robe. Puis, avec un dernier clin d'œil à son frère, il suivit leur mère et disparut avec elle.

Enfin, Monica tourna son regard d'or liquide vers lui, dévoilant un éclat qu'il ne savait interpréter. Elle écarta les bras avec un demi-sourire et s'enquit :

— Alors ? Qu'en pensez-vous ? Acceptez-vous d'être mon fiancé ?

— Qu'est-ce que vous a dit mon frère ? marmonna-t-il.

Le visage de Monica se referma aussitôt.

— Je ne crois pas que cela vous concerne, si ?

Cristo, évidemment que sa famille le taquinait à loisir. Il se comportait comme un adolescent torturé par les hormones lorsqu'il était en sa présence. Et il aurait dû deviner qu'elle se refermerait comme une huître en entendant sa stupide question. De quoi se mêlait-il ?

Elle avait travaillé directement sous ses ordres pendant deux ans, et elle n'avait jamais flanché face à ses critiques, à ses exigences et à sa tendance aiguë au perfectionnisme. Elle l'avait, cependant, bien souvent fait changer de perspective, sans jamais élever la voix. Et comme d'habitude, lentement, mais sûrement, elle lui faisait perdre la tête aujourd'hui.

Il poussa un soupir et secoua la tête.

— Mama a raison. Vous avez besoin de bijoux.

Il tourna les talons pour la guider vers le bureau de son père. Comme sa mère l'avait deviné, il avait déjà contacté un bijoutier que Chiara appréciait afin qu'on lui fasse envoyer plusieurs pièces. Soudain, il regretta de n'avoir pas demandé à Romeo de vérifier sa sélection pour éliminer les pires options. Il ne connaissait rien des dernières tendances en joaillerie – la mode et le design faisaient partie du domaine de Romeo – et il ne connaissait pas assez les goûts de Monica. Il s'arrêta au milieu de la pièce et pivota vers elle. Elle regardait autour d'elle, les yeux écarquillés. Le bureau était un parfait vestige du passé. Sa mère lui demandait souvent de redécorer la pièce, mais il n'avait jamais trouvé le courage d'effacer le souvenir de son père.

— C'est très différent de votre bureau, ou de votre suite, ici, dit-elle. C'est si… plein de caractère et de charme.

Il remarqua soudain la contraction de ses épaules, la raideur de sa posture. L'avait-il blessée, lorsqu'il ne l'avait pas complimentée, malgré sa question directe ? Il ne comprenait pas pourquoi il peinait tant à lui offrir un simple compliment, un compliment qu'elle apprécierait ; et en même temps, il se sentait piqué, torturé, agacé qu'il soit ainsi réduit, en sa présence, à un comportement si puéril.

— C'est le bureau de mon père, répondit-il d'une voix plus douce. C'était un lecteur avide et un ébéniste enthousiaste. Beaucoup de ces pièces sont de lui.

— Il avait beaucoup de talent, dit-elle en allant observer de plus près les étagères de la bibliothèque. Mais celle-ci est plus magnifique encore...

Elle s'était penchée sur la statuette d'une nymphe des bois, et Andrea ne parvint à détourner le regard assez vite pour manquer la vision exquise du satin de sa robe sur la courbe de ses fesses. La statuette, quant à elle, était une exception : c'était lui qui l'avait taillée, dans un bois sombre que Romeo avait acheté à il ne savait quel marchand, deux ans après la mort de leur père. En retour, Andrea avait offert un carnet de dessin à son cadet, dans l'espoir de le sortir d'une crise de dépression particulièrement aiguë. C'était le premier pas qu'ils avaient fait, ensemble, pour se retrouver l'un l'autre, et revenir à la vie. Andrea avait sculpté, Romeo avait croqué la statuette dans plusieurs de ses étapes de création. Mais Andrea n'était pas revenu au travail du bois, pas régulièrement, pas avant cette année-ci. Il avait si peu de temps pour lui-même, avec l'entreprise, les stratégies financières...

Ou était-ce un autre mensonge qu'il se chuchotait à lui-même ? Avait-il simplement continué de fuir, parce que cette activité avait été la seule, pendant leurs dernières années, qu'il avait partagée avec son père sans frustration, sans l'animosité qui avait marqué leur relation depuis qu'il était devenu majeur et que ses ambitions étaient entrées directement en conflit avec les rêves que son père avait eus pour lui ?

— Celle-ci est de vous, n'est-ce pas ? murmura-t-elle.

Il releva la tête, surpris, et une bouffée de plaisir l'enfiévra.

— Comment savez-vous ça ?

Elle se tourna vers lui, les bras croisés dans cette posture qu'il ne voulait pas voir, une posture humble et défensive.

— Le style est très différent des autres, et semblable à la statuette que vous n'avez pas encore terminée, la sirène que vous cachez dans le premier tiroir de votre bureau. Les détails que vous parvenez à sculpter dans une pièce si petite sont absolument magnifiques.

— Vous avez fouillé dans mon bureau ? Pourquoi ?

Elle rougit brusquement.

— Non ! Je fais juste mon travail...

— Vous avez fouillé dans mon bureau.

Elle grimaça.

— D'accord, j'ai fouillé dans votre bureau. Brûlez-moi pour mes péchés.

— J'ai de bien meilleurs châtiments en tête si vous désirez être punie, mademoiselle D'Souza.

Un éclat se leva dans ses yeux et les fit brûler comme l'aurore ; leur chaleur traversa Andrea avec la même passion, et il sut que leurs fantasmes se mêlaient, à cet instant.

— C'est une menace qui m'aurait terrifiée il y a quelques mois, monsieur Valentini. Mais aujourd'hui, quoi que vous décidiez de me faire subir...

Elle leva le menton sans détourner le regard.

— Je suis prête, et impatiente de vous voir à l'œuvre.

Il jura entre ses dents.

— Dites-moi, *per piacere*.

Et même ce *s'il vous plaît*, cette humble demande ne suffit pas à la faire fléchir, pas immédiatement. Elle le scruta un moment avant de répondre, peut-être pour se donner de l'assurance.

— L'année dernière, j'ai demandé à Romeo ce que vous pourriez apprécier pour votre anniversaire, et il m'a parlé de votre hobby. Ce bois sombre d'Afrique... Je l'ai trouvé en ligne, chez un expert, mais il était si cher que je n'ai pu vous acheter qu'un petit morceau. Pendant des semaines, ensuite, je me suis demandé si vous alliez vraiment travailler dessus. Mais je n'ai pas fait exprès de tomber dessus ! Vous m'avez donné le code du tiroir il y a huit mois, quand nous nous occupions du rachat japonais... Et quand je l'ai ouvert, la statuette était là, inachevée et déjà incroyablement belle d'une promesse en émergence. Je n'ai pas pu m'empêcher de retourner la voir pour suivre son évolution.

— Pourquoi ? demanda-t-il, éberlué.

Il avait toujours cru que le cadeau venait de Romeo.

— Pourquoi, quoi ?

— Pourquoi avoir demandé à Romeo ? Pourquoi faire passer le cadeau par lui ?

— N'ai-je pas le droit de vous offrir juste une petite chose, Andrea ?

Sa voix était douce, un murmure de vélin, mais la question le pénétra si profondément qu'il en accusa le choc, comme celui d'un coup porté.

— Vous auriez pu participer au cadeau commun des employés, marmonna-t-il, la voix brusque, le pouls sauvage.

— Non. Je voulais vous donner quelque chose de personnel, avec une signification. Vous vous rappelez ? Flora était malade depuis des semaines, et nous étions inquiets qu'elle ait attrapé une pneumonie.

— *Si.* Vous êtes restée avec elle et vous vous êtes occupée d'elle pendant quatre nuits. Pendant les pires nuits. Romeo m'a dit que vous aviez dormi dans ce fauteuil, à son chevet.

— Ce n'était rien. Ce que je veux dire, c'est que vous étiez terriblement inquiet, et je voulais... Je voulais vous réconforter, j'imagine. Je ne pouvais pas me permettre de vous acheter votre bouteille favorite, ou un bijou, mais quand Romeo m'a dit que vous aimiez le travail du bois... J'étais surprise, et j'ai décidé de faire des recherches.

Goujat renfermé qu'il était, il ne lui avoua pas que son cadeau lui avait fait bien plus que plaisir. Grâce à elle, il avait recommencé à tailler le bois, renoué avec une activité qu'il avait tant aimée, et qu'il avait partagée avec son père. Il avait retrouvé une part de lui-même qu'il avait crue perdue ; il avait sculpté deux autres pièces, depuis, et même commencé ses préparations pour faire construire un atelier dans une cabane sur le domaine, un projet dont son père avait longtemps rêvé.

— C'était un très beau cadeau, admit-il seulement.

Elle déglutit puis hocha la tête, visiblement touchée.

— Je suis heureuse qu'il vous ait plu. Quand j'ai vu votre travail, j'ai compris que Romeo n'avait pas exagéré par amour fraternel.

Il rit, et de nouveau il s'étonna du doigté qu'elle montrait dans la gestion de ses humeurs, et combien elle avait dû exploiter cette qualité lors de leurs longues nuits de travail, des projets les plus exigeants, ou même pour nuancer ses exigences les plus irrationnelles. Il ne le remarquait que maintenant ; mais depuis combien de temps était-il ainsi à sa merci ?

— Vous le savez sans doute, maintenant. Il ne me ferait pas de cadeau par amour, non. Il est mon critique le plus assidu et mon miroir le plus fidèle.

Il soutint son regard ; elle comprit sa question tacite, et se mordit la lèvre.

— Et il est mon ami le plus proche, dit-elle. J'écoute ses avertissements s'il en a, et il sait que je suis libre de prendre mes propres décisions, qu'elles soient bonnes, mauvaises... ou stupides.

Heureusement, sa montre choisit cet instant opportun pour sonner, avant qu'il puisse envisager de saisir au vol la perche qu'elle venait de lancer et de bondir sur elle, ici, dans le bureau de son père. Au lieu de cela, il se détourna prudemment, et déclara :

— Nous allons être en retard. Jetez un œil aux bijoux et choisissez ceux qui vous plaisent.

Obéissante, elle s'avança vers le large bureau de merisier, sur lequel avaient été entreposés les écrins de velours ouverts, exhibant une myriade de pierreries en rivières, en ras-de-cou, en bracelets, en parures.

— Oh ! mon Dieu, s'exclama-t-elle, je... Ce sont des, des diamants, des émeraudes et des saphirs. Je ne peux pas porter cela... Si vous pensez vraiment que j'ai besoin d'accessoires, j'ai quelques pièces en argent dans ma valise...

— Vous êtes ma fiancée, la coupa-t-il en tirant délicatement sur son poignet pour qu'elle lève les yeux vers lui ; il la sentit se raidir un instant sous ses doigts. Et vous avez promis d'accepter un ou deux cadeaux de la part de ma mère, vous vous en souvenez ?

— Mais ces cadeaux ne sont pas de votre mère. Ils sont de *vous*. Et ils sont beaucoup trop chers.

— Ne nous battons pas, Monica.

— Ne me donnez pas d'ordre, alors.

Il cligna des yeux, et elle ne détourna pas les siens. De nouveau, sa beauté le heurta avec la force d'une houle.

— Notre couple ne fonctionnera jamais si vous n'acceptez aucun cadeau de moi. Ou si vous sursautez chaque fois que je vous touche.

— Je n'ai pas sursauté. C'est juste que... Je n'ai jamais été aussi consciente de la proximité de quelqu'un. Je fais ce que je peux, Andrea.

Et, comme pour prouver ses dires, elle avança d'un pas, d'un dernier pas, et s'arrêta si proche de lui qu'il remarqua les paillettes jaunes qui éclairaient ses yeux d'ambre, le parfum de ses cheveux, et la moiteur de sa lèvre supérieure.

— Faisons un marché, proposa-t-elle d'une voix douce comme un bonbon. Si vous m'accordez ce que je demande, je choisirai un bijou et serai la fiancée la plus obéissante que vous puissiez désirer.

Chaque muscle de son corps était dur comme la pierre.

— Et que voulez-vous, *bella* ?

— Une de vos sculptures.

— Quoi ?

— Si vous me promettez l'une de vos sculptures, j'accepterai un bijou. Et je ne vous le rendrai même pas.

— C'est la négociation la plus ridicule que j'ai jamais entendue.

— Je me fiche de ce que vous pensez, rétorqua-t-elle, têtue comme une mule. Je veux ce que je veux !

— Expliquez-moi au moins pourquoi !

— Parce que vos sculptures sont magnifiques et ce sont des fragments de vous. Un fragment d'Andrea Valentini que bien peu de personnes connaissent. Un fragment que je chérirai pendant très longtemps, quelle que soit la destination de notre petite mascarade.

Et avec cette requête, elle lui rappelait qui elle était, fondamentalement, irrémédiablement : une femme qui voyait le monde à travers un prisme d'émotions qu'il ne pouvait s'accorder. Déjà, elle lui demandait des parties de lui qu'il hésitait à offrir, et, un jour, elle lui demanderait sans doute ce qu'il ne pouvait pas lui donner.

Cristo, elle était trop bien pour lui, et elle ne comprenait pas ce qu'elle perdrait en entamant une liaison avec lui. Il peinait à l'avouer, même à lui-même, mais il... l'appréciait. Il l'appréciait peut-être trop pour oser briser leur relation en y ajoutant un facteur sexuel qui ne ferait que compliquer ce maelström. Soudain, il détestait l'idée de la voir parader devant les invités, les amis et les relations qui les attendraient au gala, de les laisser la détailler de haut en bas comme une pièce de viande ; la juger, et peut-être flétrir et détruire la bonté et la générosité avec lesquelles elle recevait le monde.

— *Bene*, dit-il en la faisant pivoter, d'une main sur son épaule, pour faire face aux colliers. Marché conclu. Maintenant, choisissez un bijou.

Sans hésiter, elle se pencha en avant pour pointer du doigt un écrin posé de l'autre côté du bureau. Il aurait dû savoir qu'elle choisirait celui-ci : c'était le collier le plus délicat et le plus discret du lot. Il manqua de lui faire remarquer que c'était tout de même le plus cher : la pièce venait d'un des bijoutiers italiens les plus exclusifs du monde, et présentait un exquis travail d'orfèvre sous forme de délicates fleurs et feuilles incrustées de platine et de minuscules diamants à hauts carats. Lui-même n'avait pu l'acquérir que parce que le joaillier était un ami de Romeo.

Il attrapa l'écrin.

— Tournez-vous.

Elle obéit et fit glisser ses cheveux sur son épaule pour dévoiler sa nuque, révélant du même coup le décolleté arrière de la robe et la peau soyeuse de son dos. Elle avait la chair de poule ; il ne retint que de justesse l'affolant réflexe de suivre de ses lèvres la ligne de son échine. Les mains aussi tremblantes que s'il avait taillé du bois pendant des heures, il attacha le collier à son cou. Puis, sans croiser son regard, il jeta un œil à sa montre et aboya qu'ils étaient bel et bien en retard.

Il fit volte-face, déterminé à ne pas voir son coup d'œil blessé, et prit le chemin de l'entrée. Il pouvait, non, il *devait* se transformer en l'une de ces sculptures qu'il savait tailler : insensible, intouchable. Il la voulait trop pour garder le contrôle, et elle… *madre mio*, elle était faite pour un autre genre d'homme que lui.

8

Plus la soirée s'éternisait, et moins Monica ne pouvait avoir de doutes : pour leur première soirée en tant que fiancés, elle était, au bras d'Andrea Valentini, un désastre ambulant.

Dès le début, lorsqu'elle avait posé le pied dans l'immense salle de bal et que tous les invités avaient rivé les yeux sur elle, elle avait compris son erreur. Obnubilée par le désir d'aider Andrea, elle avait oublié qu'elle détestait être le centre de l'attention. Et en devenant sa fiancée, elle ne pourrait pas échapper à la fascination de toute la haute société milanaise.

Elle s'était figée, en haut des hautes marches de l'entrée, et Andrea avait doucement caressé ses reins avec sur le visage une question silencieuse. C'était sa patience, comme s'il avait craint qu'elle ne se brise, qui l'avait immédiatement poussée à redresser les épaules.

Elle savait pourtant qu'il était mécontent : il n'avait pas apprécié qu'elle connaisse le secret de ses sculptures, et encore moins qu'elle en demande une. Il était intensément réservé, mais elle avait été surprise de se heurter à un mur aussi vite. Il était resté silencieux pendant le trajet jusqu'au gala, prenant seulement la parole pour lui faire remarquer qu'ils feraient mieux, désormais, de se tutoyer, et n'avait jamais croisé son regard. Le désastre de cette première soirée avait commencé avant même qu'ils fassent irruption sur le lieu du crime.

Et dans la salle, à chaque pas, elle avait senti que quelque chose n'allait pas. Sous les hautes voûtes et la lumière des chandeliers de cristal, elle avait regardé les inconnus s'ameuter autour d'eux, et soudain, alors qu'Andrea la présentait à ses connaissances, elle comprit.

Tout le monde était vêtu de couleurs sobres, de bleu marine et de beige, de noir et de brun. Oh ! pourquoi ne lui avait-il pas demandé de se changer lorsqu'elle était apparue dans ce rose criard qu'elle avait trouvé si joli dans le dressing du studio Valentini ? Maintenant, elle avait l'air d'une mauvaise herbe dans un jardin français : sauvage, démesurée, inappropriée au milieu des parterres parfaitement manucurés de l'aristocratie.

Peut-être aurait-elle pu l'ignorer, et se dire que personne ici n'attendait de sophistication et d'élégance de la part de la petite Américaine parvenue et maladroite qu'Andrea traînait avec lui ; mais, après une danse gauche pendant laquelle elle n'était pas parvenue à oublier son embarras et avait plus d'une fois écrasé ses chaussures vernies, ou foncé contre sa poitrine solide, Andrea avait commencé à lui battre froid. Sa distance glacée l'avait déséquilibrée un peu plus ; en retour, elle avait renversé sa flûte de champagne sur sa robe... Et peiné à retenir ses larmes.

Le pire, bien sûr, c'était qu'Andrea avait apparemment décidé de passer le reste de la soirée avec son ex. Elle aurait presque préféré que Mme Rossi soit responsable de ses divers faux pas, mais tout ce qu'elle avait fait, placée à la même table qu'eux, c'était de répondre aux questions d'Andrea concernant le mariage d'un de leurs amis communs. De là, leur conversation avait naturellement progressé. Mme Rossi avait visiblement appris de ses erreurs et tentait de les corriger sur le tard. Et si demain, Andrea annonçait au public que la flamme s'était rallumée entre lui et son ex et qu'il avait décidé de lâcher sa petite souris, personne n'en serait choqué, c'était certain. Monica s'était éclipsée pour cacher son malaise.

Et voilà qu'au sortir des toilettes, où elle avait tenté de sécher sa tache de champagne (elle n'avait fait que l'étaler), elle trouva Andrea sur la piste de danse, en train de valser avec Mme Rossi.

Elle se figea. La brillance du sourire d'Andrea, un sourire sincère, la transperça comme un poignard. L'embarras qu'elle avait supporté toute la soirée ne comptait pour rien, comparé à la douleur qu'elle ressentait en le voyant heureux avec une autre femme ; avec son ex.

Peut-être que l'attirance qu'il avait avoué ressentir pour elle s'était déjà évanouie, étouffée par le poids d'un lien plus fort, plus profond, plus ancien, et plus vrai. Elle savait une chose : elle avait besoin de s'éclipser avant de se ridiculiser plus qu'elle ne l'avait déjà fait.

Fou de rage, Andrea se jeta hors de l'ascenseur dès que les portes s'ouvrirent sur son penthouse. Il n'avait jamais été aussi en colère contre Romeo, même lorsqu'ils se battaient sans arrêt, gamins, à tel point que leur père avait dû les menacer de punitions abracadabrantes.

Son traître de cadet avait aidé Monica a quitté le gala, secrètement, sans même en parler à son frère, et c'était un miracle qu'Andrea n'ait pas perdu son sang-froid en public. Il avait failli tout abandonner pour se lancer à sa poursuite, mais il avait gardé la tête sur les épaules. Le gala de charité annuel était organisé pour honorer la mémoire de son père et lever des fonds en faveur d'une association soutenant des enfants malades, dont son père avait été le parrain. Son départ aurait été le sommet du mauvais goût. Alors, il avait attendu son heure. Pendant un instant, un très court instant, il avait même oublié l'absence de Monica grâce à la conversation de Chiara, qui avait eu l'intelligence d'admettre qu'elle l'avait pris pour un prix facile à décrocher et persuader son père de l'ajouter comme addendum à leur contrat. Il avait découvert, sans surprise mais avec un certain réconfort, que Chiara n'avait rien perdu de l'ambition de sa jeunesse, ou de sa capacité à deviner ses humeurs. Rapace, elle avait penché la tête à son oreille et murmuré :

— Je ne me souviens pas de t'avoir jamais vu si agité, même lorsque j'ai annoncé *mes* fiançailles.

Il n'avait rien à répondre. Elle avait raison. Il était agité, troublé, torturé par un petit bout de femme qui continuait sans arrêt de le prendre de court. La femme qui était partie sans demander son reste !

Il embrassa l'étendue du salon ouvert sur la cuisine américaine et la haute baie vitrée, derrière laquelle scintillaient les lumières nocturnes de Milan. La robe rose de Monica avait été jetée sur le sofa de cuir… Et elle était là, son ex-assistante, sa fausse fiancée, sur le sol, à genoux, ses longs cheveux retenus dans une tresse souple, et soudain son cerveau lui infligea l'image obscène et obsédante de cette tresse enroulée autour de son poignet alors qu'il…

Elle leva brutalement les yeux vers lui.

— Que fais-tu donc sur le sol ? demanda-t-il.

— Andrea… Que faites-v… que fais-tu ici ? répondit-elle.

Elle avait les yeux un peu rouges, et à l'idée qu'elle ait pu pleurer, la colère d'Andrea ne fit que s'aiguiser.

— Dans mon appartement ? Mon espace privé ?

— Ah… je vois, marmonna-t-elle en détournant le regard.

Lorsqu'elle tira sur un fil et le coupa avec soin, il réalisa qu'elle était en train de recoudre l'ourlet. Puis, précautionneusement, elle inséra la robe dans sa housse et se redressa. Il resta coi, bouche bée.

Elle portait une chemise blanche – *sa* chemise –, les manches retroussées à ses coudes. Comme elle était presque aussi grande que lui, le vêtement n'atteignait que ses cuisses et, *Dio mio*, ses jambes n'en finissaient pas. Elle n'avait pas boutonné le col, et il voyait l'étendue tendre de son cou et de sa gorge et il ne voulait que l'embrasser et la lécher.

Monica saisit la housse à vêtement et avança vers lui.

— Je suis désolée, je pensais que Romeo m'avait envoyée chez un de ses amis. Il m'a dit qu'il me rejoindrait après la fête. Je n'avais pas l'intention de m'imposer. J'ai juste besoin d'un taxi.

— Pas avant que tu m'expliques ce qui a bien pu te pousser à quitter le gala. Regrettes-tu donc déjà la promesse que tu m'as faite ?

Il entendait la fureur contenue dans sa propre voix, et en retour, la bouche de Monica trembla un instant avant de se plisser en une ligne têtue.

— Je voulais juste disparaître avant de t'embarrasser un peu plus.

C'était bien la dernière explication qu'il s'attendait à entendre.

Elle était sincère, il le voyait sur son visage. Comment cette incompréhension, entre eux, avait-elle pu s'installer ? Soudain, ils étaient aux antipodes l'un de l'autre.

— Je n'ai jamais dit que tu m'avais embarrassé !

— Tu ne l'as pas *encore* dit, non, mais ce n'est qu'une question de temps. Dès les deux premières minutes, j'ai compris que notre plan était ridicule. Nous n'aurions jamais dû...

Elle secoua la tête.

— Peu importe. Peux-tu m'appeler un taxi ? S'il te plaît ?

— Et où iras-tu, seulement vêtue de ma chemise, *bella* ? Oh ! pleurer dans les bras de Romeo ? Tu tends toujours la main vers lui, même lorsque tu me dis que tu es prête à m'affronter, moi.

La frustration et quelque chose d'autre dansèrent sur son visage.

— C'est vrai. Romeo est mon filet de sécurité. Et alors ?

— Pourquoi es-tu si bouleversée, Monica ? Pourquoi es-tu partie sans me le dire ? Tu sais très bien que tu ne *m'embarrasses* pas...

— *Comment* pourrais-je le savoir, exactement ?

— Parce que tu me connais assez bien pour savoir que je te le dirais si j'étais embarrassé !

— Oh ! pitié. Andrea, je t'ai marché sur les pieds pendant toute notre danse, je t'ai foncé dedans deux fois. Si je ne nous ai pas tous les deux fait tomber au milieu de la piste sous les rires de tous les convives, c'est seulement par hasard, ou par miracle. J'ai renversé du champagne sur ma robe pendant les enchères silencieuses, et de toute façon, dès le début, j'avais l'air d'un clown en rose bonbon au milieu de tes invités, et, mon Dieu, pourquoi ne m'avais-tu pas dit que le gala était organisé pour honorer la mémoire de ton père...

Il pressa ses doigts contre sa bouche pour interrompre son monologue frénétique.

— Un clown ? Et quel rapport avec mon père ?

Elle repoussa violemment sa main, mais il campa sur sa position et ne recula pas.

— Oui, un clown ! J'avais l'air de sortir d'un cirque alors que tout le monde était habillé sobrement. Tu n'as pas vu que je détonnais dans la foule ? Tu n'es pas un menteur, Andrea.

— J'ai remarqué que tu te démarquais, oui, rétorqua-t-il en lui prenant la housse de vêtement pour la jeter sur le sofa. Est-ce que cela fait de moi un menteur ?

— Parce que maintenant, tu prétends qu'il ne s'est rien passé ! s'exclama-t-elle, les joues rosies de colère. Alors que tu pouvais à peine me regarder en face pendant la danse, et que tu as ensuite entrepris de m'ignorer pendant le reste de la soirée, notamment en te jetant tête baissée dans une conversation avec ton... avec Mme Rossi !

Elle s'interrompit, inspira profondément, et reprit :

— Tu sais, il n'est pas trop tard.

— Pas trop tard pour quoi ?

— Tu pourrais dire à la presse que tout cela n'était qu'un malentendu, que vous vous êtes retrouvés après toutes ces années, toi et elle. Ce soir, c'était très clair que vous étiez...

— Que nous étions quoi ?

— Tu veux vraiment me l'entendre dire ? Tu veux que je continue de me ridiculiser ?

— *Si*, rétorqua-t-il sans ciller.

— Que vous étiez très *proches*. Si proches que tu as préféré ignorer ta « fiancée » pour profiter de sa compagnie. Après l'avoir vue, tu ne m'as même plus adressé la parole, Andrea. Qu'étais-je censée faire ? Rester plantée là, dans ma robe tachée, pathétique et jalouse sous les yeux de tous tes convives ?

L'aveu de sa jalousie aurait dû le faire fuir à toutes jambes. Avec n'importe qui d'autre... Mais avec elle, il voulait simplement la comprendre.

— Et au lieu de me le dire en face, au lieu d'exiger mon attention, tu as préféré te cacher derrière Romeo ? l'accusa-t-il, implacable. Tu craignais que mes convives ne te trouvent ridicule ; n'as-tu pas pensé à ce qu'ils diraient, quand ils apprendraient que ma fiancée avait pris la fuite ?

— Exiger ton attention ? répéta-t-elle, comme si la notion était parfaitement abracadabrante.

Il fronça les sourcils, sa colère brisée en plein vol par la simplicité de sa réaction.

— Est-ce si choquant ?

— Quand tu me regardes à peine ? Oui.

— Je sais que je peux être distant et donner à croire à mes amantes que je les ignore. C'est ma faute si nous avons mal communiqué, ce soir. Mais tu me connais, Monica. Tu sais très bien que je ne suis pas inconstant, et qu'il serait bien peu caractéristique pour moi de me perdre soudain dans le charme de Chiara. Alors explique-moi pourquoi il serait si difficile pour toi d'exiger mon attention alors que c'est ton droit.

— Quoi, tu veux que je te parle de *moi* ? s'enquit-elle, sans aucune moquerie, sans amertume, et la barrière qui encerclait son cœur se brisa quand il entendit sa surprise nue.

En attendait-elle donc si peu de lui, si peu pour elle-même ? Il s'avança, spontanément, et frôla sa joue de sa main.

— Oui, *bella*.

Elle pinça les lèvres, mais ne renia pas sa caresse.

— Je n'ai pas l'habitude d'être le centre de l'attention. J'ai passé ma vie à éviter de l'être, à fuir les regards… Quand nous sommes entrés dans la salle de bal, et qu'ils se sont tous tournés vers moi… C'était comme vivre un de mes pires cauchemars. Je ne voulais pas te décevoir, mais je ne pouvais pas m'en empêcher, pas alors que l'anxiété me faisait enchaîner les faux pas.

— Tu aurais dû m'en parler.

— Pitié. Il m'a fallu quatre ans, une brûlure chimique et un mariage raté pour admettre que tu m'attires. Et puis, avant de partir, tu m'as clairement fait comprendre que tu n'appréciais pas que je… me mêle de ta vie privée.

Andrea se frotta le front. Elle avait raison, évidemment.

— C'est juste que je n'ai pas *l'habitude* de partager ma vie privée.

— Je sais ! Mais tu ne m'as fait aucun compliment, et maintenant je sais que c'est parce que ma robe était inappropriée…

— Je ne t'ai pas complimentée parce que tu m'as coupé le souffle, et que j'étais frustré d'être aussi… troublé. J'ai évité de te regarder parce que je ne voulais rien d'autre que de les faire tous disparaître et t'embrasser jusqu'à ce que la tête me tourne. Quant à la façon dont tu détonnais dans la foule, ce n'était pas la robe, qui était ravissante ; c'est que tu détonnes dans toutes les foules, et personne parmi mes convives n'a douté de la raison pour laquelle l'austère magnat du luxe s'était fiancé sans crier gare. Personne n'a pu douter du désir vertigineux que je te porte.

— Oh ! murmura-t-elle. Mais…

Il détestait lui avoir causé tant de raisons de douter, d'elle-même et de lui. Il secoua la tête.

— J'étais distant parce que j'étais en colère contre moi-même. Je n'ai pas l'habitude de perdre le contrôle, de partager mes pensées avec quiconque. Avec toi, je suis sans arrêt déséquilibré. Si j'ai passé du temps avec Chiara, c'est simplement parce qu'elle a su lire mon agacement et s'est moquée de moi.

— Moquée de toi ? À quel sujet ?

— Au sujet du sens de l'honneur surdéveloppé que je semblais avoir acquis depuis ma jeunesse.

Ses yeux d'ambre trouvèrent les siens, à cet instant, et pendant une seconde seuls leurs deux souffles, trop rapides, brisèrent le silence.

— Est-ce vraiment de l'honneur, Andrea ? demanda-t-elle. Parce que j'ai plutôt cru comprendre que tu avais pitié de moi et que tu pensais que je n'étais pas assez forte pour survivre à une liaison sans lendemain avec un homme comme toi.

Elle était si proche qu'il devinait les accents de vanille de son parfum, et la senteur épicée de sa sueur.

— Tout ce que j'ai fait, reprit-elle, c'est demander à Romeo de…

Il l'attira à lui assez brusquement pour que sa poitrine entre en collision avec la sienne, et la sensation de ses courbes suffit à l'enflammer tout entier.

— Tu aurais dû me dire que tu voulais partir. Pas à lui.

Elle le dévisagea un moment, sans perdre contenance.

— Mais tu n'aimes pas que je te demande quoi que ce soit.

C'était inconfortablement juste, et pourtant, il ne pouvait l'admettre.

— Non, ce n'est pas...

— Si, le coupa-t-elle en levant le menton, avec ce regard si direct, plein d'un désir si nu qu'il le ressentit comme un coup de poing tangible. Si, parce que tu penses que je finirai par t'en demander trop, ou parce que tu as peur de ne pas pouvoir me donner ce dont j'ai vraiment besoin, peut-être. Si c'est le cas, Andrea, tu es le seul à pouvoir répondre à cette question.

— La petite souris me défie ?

— Non, dit-elle en haussant une épaule, découvrant du même coup une de ses épaules hâlées. Ce n'est pas un jeu.

Il hocha la tête, le regard toujours accroché au sien, à un pas du précipice. Lorsqu'il reprit la parole, c'était dans un murmure, la voix épaisse de désir.

— Je peux te donner ce que tu veux, *bella*. Tout ce que tu veux. Demande-moi.

Pendant très longtemps, elle ne dit rien. Puis, sans mot dire, elle expira doucement, et leva ses mains tendres à son visage, et, les doigts dans ses cheveux, guida sa bouche vers la sienne. Ce premier contact, la pression douce de ses lèvres contre les siennes, fit s'évanouir toute la tension à laquelle il s'était accroché toute la soirée pour parvenir à lui résister.

Oui. Oui, ce ne serait qu'une aventure, et elle le savait comme lui, et qui était-il pour juger de ce qu'elle pouvait ou non entreprendre ? Il s'était comporté en vrai goujat toute la soirée, avec ce mur qu'il avait érigé entre eux, obnubilé par la possessivité qui le torturait... Mais à l'instant où elle avait disparu, il avait compris qu'il était inutile de résister à la passion qui brûlait entre eux.

Le baiser qu'elle lui offrait maintenant était doux, patient, exploratoire, comme si elle craignait encore qu'il ne la repousse.

Lorsqu'il releva la tête, elle le suivit avec un bruit de protestation, ses doigts enfouis dans ses cheveux. Il rit doucement, et elle avala le son et l'attira à lui en approfondissant le baiser ; quand elle pressa son corps contre le sien avec le soupçon d'un gémissement, tous les mensonges qu'il s'était murmurés à lui-même s'écroulèrent tel un château de cartes.

Dio mio, elle était aussi exquise qu'un miel décadent et réagissait avec la brûlante fluidité du vif-argent. Il l'étreignit avec ardeur et répondit à son baiser, tremblant d'une passion volcanique, alors qu'elle lui rendait coup pour coup, morsure pour morsure, tendresse pour tendresse. Quand s'était-il adonné à une passion si pure, si vraie ? Se souvenait-il de la dernière fois qu'il avait laissé une femme le toucher avec un tel abandon, de la dernière fois qu'il avait cherché une vraie connexion, plutôt qu'un peu de sexe facile ?

Tandis qu'il suçait le bout de sa langue, ses ongles s'enfoncèrent sur sa nuque pour l'encourager, et il savoura le goût de son gémissement. Il y avait des siècles qu'un simple baiser ne l'avait pas tant excité, et si vite. Il aurait pu continuer à l'embrasser toute la nuit. Il en avait le vertige, comme à l'époque des voitures de course et des records de vitesse, à l'époque de l'adrénaline et de l'insouciance.

Lentement, il fit un pas de recul, le souffle court, aussi court que celui de Monica. Elle resta accrochée à lui, et il ne retira pas la main qu'il avait glissée contre sa joue. Oh ! comme il aimait la façon qu'elle avait de s'enfouir au creux de sa caresse, de se coller contre lui à l'instar d'une liane grimpante, de trembler des pieds à la tête. Finalement, elle leva les yeux et rencontra les siens avec un sourire complice ; spontanément, elle caressa de l'index sa lèvre inférieure, encore chaude de son baiser, et, insolemment, il attira le doigt dans la chaleur de sa bouche. Elle émit un son étranglé ; il se durcit en retour, et délivra son doigt à regret.

— C'était... C'était le meilleur baiser de ma vie, admit-elle, sans honte, avec un rien de défi.

— Si tu penses que je vais te contredire, tu te trompes, rétorqua-t-il en laissant glisser ses mains sur la vallée de son dos. Dis-moi, *bella*, as-tu obtenu ce que tu voulais ?

Elle hocha la tête, puis pressa sa joue contre la sienne et s'y frotta confortablement, tel un chat. Sa peau était comme le plus doux des velours contre sa mâchoire rugueuse. Exquise tortionnaire, elle amena sa bouche à l'orée de son oreille.

— Oui, mais je suis capricieuse. Je veux plus que ça.

— Et je veux te l'entendre dire.

— Je veux que tu m'emmènes dans ta chambre. Je veux te toucher comme j'ai rêvé de te toucher pendant des semaines. Je veux voir si la réalité peut se mesurer aux rêves fiévreux que j'ai de toi. Je veux t'explorer, et je veux tellement de plaisir que je...

Elle s'interrompit sous l'assaut de son baiser. Il la souleva soudain dans ses bras en attrapant ses fesses ; immédiatement, elle étreignit sa nuque, et il l'embrassa avec toute la vigueur de sa convoitise en les manœuvrant tous les deux à travers l'appartement. Il mordit sa lèvre, et elle crispa ses cuisses nues autour de lui, brûlante comme il était brûlant, et il lui murmura à l'oreille tout ce qu'il avait eu envie de lui faire depuis qu'il l'avait vue dans cette robe rose, en haut de l'escalier ; tout ce qu'il avait eu envie de lui faire lorsqu'elle s'était heurtée contre lui, sur la piste de danse ; tout le désir qui le torturait depuis qu'elle avait murmuré son nom, des semaines auparavant. Puis, il entreprit de joindre le geste à la parole.

9

Elle flottait déjà sur un petit nuage, enivrée par son baiser, lorsqu'il la déposa précautionneusement sur la douceur enchantée de son lit ; puis, la lumière s'alluma brutalement, elle combattit un instant le réflexe de cacher les parties de son corps que la chemise ne dissimulait pas.

— Monica ?

La voix d'Andrea s'était adoucie. Il avait remarqué ce moment d'hésitation. Lentement, il caressa sa joue.

— Tu sais que nous pouvons en rester à un baiser, dit-il.

Oh ! comme elle était lâche. Elle rouvrit les yeux et le trouva penché sur elle. Il était là, avec elle, pour elle. À sa périphérie, la chambre était vaste, deux de ses murs entièrement vitrés donnant sur la nuit scintillante de Milan. Sous ses doigts, elle sentait le luxe des draps de soie ; au-dessus d'elle, la beauté d'un haut plafond à voûtes. Mais tout cela n'était qu'un décor intangible, dans un monde où elle avait l'entière attention d'Andrea Valentini, Andrea Valentini comme elle ne l'avait jamais vu, comme le monde ne le voyait jamais, ses cheveux épais en pagaille, sa bouche ciselée meurtrie par ses baisers, ses yeux sombres brûlants de leur désir partagé. C'était l'Andrea de ses rêves, un Andrea impossible, un Andrea qu'elle craignait déjà de décevoir ou de perdre.

Mais pourquoi douter ? S'il était voué à se détourner d'elle, alors elle devait savourer cet instant comme s'il était le dernier. Elle secoua la tête, et se cala en arrière, sur les coudes, pour l'admirer à son aise, les sens en éveil.

Elle voulait mémoriser chaque détail. Elle était affamée de lui, et il était un véritable festin, avec sa barbe naissante, sa chemise à demi déboutonnée, l'ombre de sa peau olivâtre révélée entre les pans ouverts de son col. Au contraire de Francesco, qui aimait à mettre en scène sa poitrine épilée et ses muscles huilés, Andrea était élancé, solide, dur, avec cette masculinité facile qu'une assurance innée lui avait conférée.

— Plus de doute, *bella* ? s'enquit-il avec une lueur d'amusement dans le regard.

Mais il ne se moquait pas d'elle ; elle le savait. Il voyait simplement sur son visage le miroir de sa propre anticipation.

— Non. Zéro doute. Rien du tout. Je suis prête, rétorqua-t-elle en se redressant pour tendre la main vers lui.

Elle déboutonna sa chemise et le découvrit enfin à sa vue. Les doigts tremblants, elle suivit les contours de son torse, de la colonne de sa gorge jusqu'à ses pectoraux, savourant la sensation de ses poils et de sa peau sous sa main. Sa propre caresse faisait battre le désir dans ses veines.

Elle n'hésita qu'une seconde en arrivant à sa ceinture, mais ne perdit pas contenance. C'était lui qui l'arrêta lorsqu'elle en défit la boucle, et amena sa main à ses lèvres pour y presser un baiser.

— À mon tour.

Il tira sur les deux pans de la chemise qu'elle lui avait volée, et fit sauter les boutons d'un geste bref et contrôlé ; elle émit une exclamation de surprise en entendant les boutons rebondir sur le sol de marbre. Lorsqu'elle releva les yeux, elle trouva sur son visage la même intensité vorace que celle qui la dévorait elle-même, et pressa ses cuisses l'une contre l'autre, affamée de lui. Il sourit, complice, et se pencha pour lécher son lobe d'oreille.

— Quand j'ai découvert que tu avais quitté le gala, j'ai passé le chemin du retour à rêver de la façon dont je pourrais te tourmenter comme tu me tourmentes, susurra-t-il.

— Si tu crois que cela me fait peur, tu te trompes. Fais de moi ce que tu veux, Andrea. Et dis-moi ce que tu veux de moi. Je veux te faire plaisir.

S'il avait remarqué le doute vibrant dans sa voix, il ne s'en gaussa pas. Il se pencha sur elle, repoussa la chemise sur ses épaules, et captura ses lèvres avec une avidité brute qu'elle comprenait parfaitement ; puis, il saisit sa main et la guida contre son entrejambe.

Instantanément, elle pressa sa main sur lui et s'entendit réagir, réagir plus fort que lui en découvrant le relief dur de son sexe contre sa paume. Quant à elle… Elle était prête, prête pour lui, prête à se consumer, à renaître sous ses mains.

— Tu me fais déjà plaisir, *bella*, dit-il enfin d'une voix rauque. Je me suis promené toute la soirée avec une érection presque constante, comme un ado frustré.

— Je suis désolée d'avoir douté de toi, dit-elle en l'embrassant une nouvelle fois, puis deux, et trois.

— Je suis désolé de t'avoir fait douter de moi. Est-ce que tu me fais confiance ?

— Oui, plus qu'à quiconque.

Son regard étincela de plaisir.

— *Bene.*

Au lieu de la délivrer, il emprisonna ses mains derrière elle, sa joue rugueuse contre la sienne.

— Dis-moi, est-ce que tu es d'accord ?

Elle était si abandonnée à la sensation de son buste contre le sien, aux profondeurs de son regard sombre, qu'elle peina à comprendre qu'il avait attaché ses poignets avec la chemise déchirée. Pantelante, elle remua légèrement les mains, et trouva le nœud souple et facile à défaire.

Et elle était presque nue devant lui, les épaules en arrière, et ne portant plus qu'un string de dentelle. Ses tétons se durcirent instantanément, brûlés par l'intensité de son regard, et sa peau se hérissa. Elle laissa échapper un grognement.

— *Cristo*, tu es magnifique, dit-il, très simplement, la voix vibrante d'une admiration incommensurable. Tu es absolument parfaite.

Pour la première fois de sa vie, Monica apprécia soudain son corps. Puis, il la surprit de nouveau et s'inclina pour frotter sa barbe naissante contre son sein. Elle s'arqua vers lui, accueillant la caresse rugueuse avec un gémissement impétueux, alors qu'il la stabilisait d'une grande main posée dans son dos et continuait son tendre assaut, sur son autre sein… Et, juste lorsqu'elle s'apprêtait à le supplier, il lui fit enfin la faveur d'utiliser ses doigts, sa bouche, et oh, ses dents. Léchant, suçant et mordillant, il ne lui fallut que quelques instants pour la transformer en une entité autre, tremblante, offerte uniquement à la sensation et au plaisir ; puis, il glissa plus bas, emportant la stimulation de sa barbe, de sa langue, de ses doigts tortionnaires.

Il ne retint pas son juron, en italien, lorsqu'il lui retira enfin son string. La sensation de son souffle suffit à la faire soupirer d'anticipation, et la brûlure de son baiser au creux de sa cuisse, et le fil de ses dents sur sa chair, et le son de son inspiration, comme si son odeur l'enivrait… Tout, soudain, la fit ruer sur le lit dans l'espoir de se délivrer du nœud qui immobilisait ses mains avides.

— Monica… Tu m'as dit que tu me faisais confiance, *si* ?

Ses yeux étaient aussi sombres qu'un océan en furie ; ses narines frémissaient ; sa bouche était mouillée de baisers, et elle sut qu'elle buvait à cet instant du regard un Andrea qu'elle n'oublierait jamais. Elle hocha la tête.

Il pinça son téton entre ses doigts et hocha la tête.

— Bonne réponse, *cara*, dit-il en souriant.

Elle était déjà trempée, mais sa louange l'excita plus encore. Lentement, en soutenant son regard, il glissa ses doigts entre ses cuisses, suivant les lignes de ses lèvres, avec autant de soin qu'un cartographe explore un nouveau territoire.

— Je veux te goûter, Monica. M'en donnes-tu la permission ?

Elle frissonna, les yeux toujours rivés sur lui.

— Je n'ai jamais… Personne ne m'a jamais… fait ça, et…

— Si tu n'en as pas envie, je ne le ferai pas.

— Non. J'en ai envie. C'est juste que… Je ne sais pas comment le dire, mais…

Il l'attendait, avec une patience infinie, en laissant glisser ses paumes chaudes le long de ses cuisses tremblantes, comme s'il voulait la réconforter, comme s'il ne pouvait s'empêcher de la toucher. Elle puisa dans son contact le courage qu'il lui fallait pour continuer sans avouer tout ce qui serait pour elle une première fois.

— Je veux tout faire avec toi, dit-elle finalement.

De nouveau, il sourit. Et de nouveau, l'éloge sonna comme une musique à ses oreilles :

— Bonne réponse, *bella*.

Puis, il la guida encore une fois vers les cimes d'un plaisir inatteignable, avec ses baisers, avec ses caresses, en jouant avec ses tétons, un plaisir frénétique dont il lui retirait l'apothéose au dernier moment, hâtant ses caresses, encore et encore, tendre et cruel, jusqu'à ce qu'elle perde le compte de toutes les fois où elle avait manqué de voler en éclats.

— Pitié, Andrea, je n'en peux plus, s'il te plaît, s'entendit-elle balbutier malgré elle, tantôt suppliante, tantôt furieuse. S'il te plaît, fais-moi jouir.

Sa peau était fiévreuse, moite, frénétique, au bord des larmes, au bord du gouffre. Après toutes ces années, après tous ces hommes qui l'avaient trouvée frigide, ennuyeuse ou pire, voilà qu'elle se trouvait prête à vendre son âme pour un orgasme.

— Oh ! puisque tu demandes si gentiment, *mia cara*, susurra-t-il enfin en la poussant sur le lit.

Elle ondula sur les draps, tout entière offerte, tout entière assoiffée de lui obéir ; il la récompensa en s'agenouillant devant elle et en ouvrant ses cuisses, largement, scandaleusement. Entièrement ouverte à son regard, elle rua pour venir à sa rencontre lorsque enfin il s'abaissa pour la lécher. Le choc de ce premier contact, vif et bien trop court, lui arracha un gémissement obscène ; puis il se mit au travail, encore et encore, et instaura le rythme auquel son corps entier se mit à battre ; et ne s'interrompit qu'un instant pour exiger, d'une voix si rocailleuse qu'elle aiguisa encore son excitation :

— J'ai besoin de mots, *bella*. J'ai besoin de savoir ce que tu veux, et où tu me veux, plus longtemps, plus profondément.

Alors Monica retrouva la parole, plus volubile, plus abandonnée qu'elle ne l'avait jamais été, avec quiconque ; et plus audacieuse, plus exigeante, plus vivante, plus égoïste qu'elle n'aurait jamais pu l'imaginer.

Elle lui ordonna d'ajouter un doigt lorsqu'il la pénétra de son index et de son majeur. Elle lui confia qu'elle voyait des étoiles au moment où il trouva l'angle parfait de leur danse répétitive ; elle lui avoua qu'elle était si proche, si proche, si prête qu'elle ne pouvait plus penser, plus parler, plus respirer ; qu'elle n'avait jamais ressenti une chose pareille, avec quiconque, et qu'elle ne voyait, ne sentait et ne connaissait plus que lui, sa bouche, ses mains, son souffle. Il continuait d'aller et venir en elle, et de sa bouche experte attira subtilement son clitoris entre ses lèvres... Et l'orgasme la submergea soudain, à toute force, avec la violence d'une épiphanie, comme une vague tempétueuse brise enfin un barrage.

Sur ses joues, elle sentait des larmes brûlantes, versées dans l'intolérable plaisir qui roulait en elle alors même que son bassin chassait encore sa gratification, suivant les mouvements d'Andrea avec une avidité insatiable.

Enfin, il releva la tête. Elle voulait le toucher, désespérément, alors qu'il traçait un chemin de baisers le long de son ventre, de sa poitrine, en la félicitant, en lui murmurant combien il voulait la sentir jouir autour de lui, maintenant, et elle retomba en arrière, le souffle court, déjà vibrante d'une nouvelle convoitise.

Elle revint lentement à elle. Sa gorge était cuisante des cris qu'elle avait poussés, et ses membres lui semblaient fluides, chauds et tendres comme du miel ; son cœur battait toujours trop vite. Lorsqu'il la rejoignit sur le lit, elle détourna vite le visage et le pressa contre les draps, soudain honteuse de sa réaction disproportionnée. Mon Dieu, il devait la prendre pour la pire des idiotes, à la voir pleurer pour un orgasme. Que pouvait-elle bien lui dire, maintenant, et comment pouvait-elle prétendre avoir de l'assurance alors qu'elle était si... bouleversée ?

— Est-ce que ça va, *cara* ? demanda-t-il doucement.

Sa main glissa dans ses cheveux, avec une tendresse qu'elle n'aurait jamais attendue de lui.

— Oh ! tout va bien, s'entendit-elle répondre d'une voix qu'elle ne se connaissait pas, fiévreuse.

Il lui fallut plusieurs secondes, obnubilée qu'elle était par sa propre gêne, pour réaliser qu'Andrea s'était figé derrière elle ; elle ne sentait plus que deux doigts sur la cicatrice qui marquait sa taille.

— Tu n'aimes vraiment pas ma cicatrice..., remarqua-t-elle, amusée, presque soulagée de la distraction.

— Je n'aime pas ce qu'elle me rappelle.

Elle se redressa, en espérant que les draps avaient essuyé les dernières traces de ses larmes ; mais la plaisanterie qu'elle avait sur le bout de la langue s'évanouit, annihilée par l'intimité de cet instant, de ce premier regard partagé après le plaisir. Elle se sentit rougir lorsque ses yeux tombèrent sur sa bouche fine, cette bouche qui l'avait fait gémir et supplier quelques minutes auparavant.

— J'imagine qu'elle te l'a dit, mais Flora ne se sent pas traumatisée, tu sais. Elle y pense rarement.

— Et tu crois que c'est tout ce qui m'intéresse ? Que ma mère soit saine et sauve ?

Monica chercha son regard gris. Elle y trouva ce qu'il ne disait pas : qu'elle aussi était importante à ses yeux, même s'il était bourru et lui avait parfois donné à croire qu'elle n'était qu'une nuisance dont il avait la responsabilité. Elle le savait, bien sûr ; elle l'avait su avant d'aller à son bras au gala, avant de rencontrer Francesco. Mais d'en avoir ainsi la preuve nue, dénuée d'artifices et des carcans de leur quotidien, ouvrit une porte verrouillée au fond d'elle-même. Elle posa la main sur la sienne.

— Et je vais bien aussi, Andrea. Je vais encore mieux parce que je suis ici, avec toi, comme ça, avoua-t-elle, mue par le désir de poser des mots sur les non-dits que l'hésitation avait trop longtemps cristallisés. Et je sais que tu vas me dire que je suis ridicule et pathétique, peut-être, mais je suis reconnaissante au destin de vous avoir mis sur mon chemin, toi, Flora et Romeo, le jour de l'accident, et de m'avoir offert une nouvelle vie, de vrais amis, et presque une famille. Même sans obtenir rien de tout ça, je...

— ... le referai sans hésiter, finit-il dans un murmure. Je sais, *bella*. Tu as bien peu de respect pour ta propre sécurité.

— Tu te trompes, dit-elle en s'approchant, lentement, pour finir de lui retirer sa chemise. Je sais juste ce que je veux, et comment je le veux, et grâce à toi, j'ai appris à le dire à voix haute.

Elle pressa sa joue, son nez, ses lèvres contre sa joue avec un sourire, et qu'il lui autorise cette douloureuse tendresse... c'était un cadeau, cela aussi.

— C'est juste que, contrairement à certains, je ne le fais pas en lançant des regards noirs autour de moi et en exigeant que le monde s'empresse de se plier à ma volonté.

— Ahh..., dit-il en riant. Mais dans ton cas, se plier à ma volonté en vaudrait la peine, je te le promets.

— Alors qu'est-ce que tu attends ?

C'est elle, néanmoins, qui captura sa bouche en enlaçant sa nuque, revendiquant ainsi cet homme qui, sans qu'elle le remarque, s'était glissé dans chaque recoin de son cœur.

Son baiser manquait peut-être de finesse, mais elle y instilla tout le besoin, toute la frénésie qu'elle avait de lui et qu'elle n'avait pas l'intention de cacher. Il grogna sur sa langue lorsqu'elle mordit sa lèvre inférieure, maintenant bien consciente qu'il ne lui reprocherait pas un peu de brusquerie et un rien de douleur, et elle sourit, exaltée de le sentir réagir contre elle. Elle se laissait guider par l'impulsion, et s'étira comme un chat paresseux, frottant ses seins contre son torse nu, récompensée par de nouveaux sons d'appréciation affamée. La pression de son sexe dur et large, encore cruellement couvert, réveilla en elle le battement intense du désir, avec une ardeur presque douloureuse.

Elle embrassa son menton, le relief sévère de ses pommettes, la courbe de ses sourcils sombres et le dessin de la cicatrice fine qui courait de sa tempe à sa bouche ; elle glissa dans le creux de son cou, et prit de nouveau ses lèvres, insatiable, grisée par l'irrégularité de sa respiration, par l'instinctif arc de son corps alors qu'elle reprenait son chemin vers la plaine solide de son ventre, rythmée par les grognements et les jurons qui marquaient comme une ponctuation expressive la montée de son plaisir. C'étaient eux qui la guidaient encore quand elle ouvrit enfin son pantalon et délivra son membre pour le prendre en main. Elle ne put résister à l'impulsion de serrer les cuisses, sans détourner le regard d'Andrea, sans non plus que le mouvement la soulage. Les yeux dans les siens, elle le caressa, lentement d'abord, curieuse d'apprendre sa forme, sa texture, son poids, imaginant déjà la façon dont il bougerait en elle, dont il la posséderait comme il possédait ses rêves, ses désirs, ses fantasmes.

Finalement, sa voix gutturale lui parvint par-dessus les rugissements de son cœur, et prit la forme d'une commande. Elle le serra plus fort, comme il l'ordonnait, frotta son pouce à l'extrémité et, lorsqu'elle le sentit humide, elle s'abaissa d'elle-même pour lécher le goût étrange et salé de son excitation. Encore une fois enhardie, elle referma la bouche autour de lui.

C'était d'abord un peu inconfortable, car sa taille étirait sa bouche, mais, mon Dieu, elle ne pouvait décrire l'audace et l'euphorie qu'elle ressentit en l'entendant gémir, en sentant ses doigts se refermer sur ses cheveux, crispés par l'effort évident de ne pas guider sa tête ; en recevant son coup de reins incontrôlable, instinctif, avorté par une maîtrise de lui-même qui s'évanouissait sous l'assaut de sa bouche enthousiaste.

Elle le délivra pour reprendre son souffle, puis le reprit en l'attirant plus profondément en bouche, et l'obscène juron qu'il laissa échapper la fit rire autour de lui, et fit vibrer sa voix sur sa chair brûlante. Oh ! et, *Cristo*, murmurait-il, elle était parfaite. Qui aurait cru que ces grands yeux innocents cachaient une telle indécence, et Monica aurait voulu rester au creux de cet instant pour toujours.

Deux minutes plus tard, elle était sur le dos. Elle l'entendit déchirer le sachet d'un préservatif avant de se glisser entre ses jambes. Monica serra les cuisses autour de lui, comme si elle avait pu garder la preuve solide de son désir à cet endroit précis, tout contre elle, là où elle avait besoin de lui si désespérément. Une main dans ses cheveux, il l'arqua vers lui et mordilla ses seins tandis que ses hanches étroites la clouaient au lit, et elle s'abandonna de nouveau à la soif insatiable qu'elle avait cru étanchée quelques minutes plus tôt. Elle se pressa à lui comme il se pressait à elle, quémandant le contact de sa bouche sur son cou, de son corps contre son corps, se frottant à même son sexe.

— Je te veux, murmura-t-il. Est-ce que tu es prête pour moi, *bella* ?

Elle hocha la tête, fervente et frénétique, la chair léchée de flammes.

— J'ai besoin de mots, Monica, dit-il encore, pantelant, et elle gémit en sentant la friction de son érection au centre de ses cuisses. Donne-moi des mots, et je te donnerai tout ce que tu veux.

— Je te veux, toi, Andrea, répondit-elle en enfouissant sa tête dans le creux de son épaule avec une possessivité éhontée. Plus que tout, comme je n'ai jamais rien voulu.

C'était la vérité, et elle se sentait plus libre de l'avoir confessé à cet homme qui avait défié toutes ses attentes, brisé toutes ses barrières. Elle le sentit sourire dans leur baiser, et même ce fragment d'arrogance, un rien satisfait, un rien insolent, exacerba la conscience infinie qu'elle avait de lui, de son corps, de l'expérience qu'elle partageait avec lui. Elle laissa échapper un soupir de surprise lorsqu'il remonta son genou, d'une main tendre, et puis il était là, testant son excitation de ses doigts, précautionneux, avant de s'enfouir en elle jusqu'à la garde, d'un fluide coup de reins.

— *Cristo, cara*. Tu vas me tuer, chuchota-t-il, solide et immobile autour d'elle, au fond d'elle, ses mains crispées autour de ses hanches.

Un pincement la traversa, et elle arrima ses ongles courts à ses larges épaules, têtue, accrochée à son corps comme à une ancre jusqu'à ce que la douleur s'évanouisse. Elle disparut bien vite, noyée par une cohorte de nouvelles sensations, par le plaisir déroulant une langue de feu au creux d'elle-même, par l'émerveillement d'être soudain entière, complétée de lui.

Il se retira, puis plongea de nouveau en elle, et elle se mordit les lèvres pour ne pas gémir. À son épaule, elle sentait le fil de ses dents, toutes proches de la morsure. Il avait refermé les doigts sur son téton, et il reprit la sarabande, régulier, allant et venant en elle comme s'ils n'avaient jamais été séparés, battant la mesure d'une symphonie si indescriptible qu'elle se demandait si elle n'allait pas s'évanouir, emportée par toutes les nuances inconnues de son plaisir.

— Monica, dis quelque chose, lança-t-il en axant parfaitement ses hanches dans l'intuition préternaturelle de son extase. Dis-moi que tu vas bien.

Comment parler alors qu'il l'illuminait de l'intérieur, accrochant entre eux des étoiles dont elle n'avait jamais imaginé la splendeur ? Elle s'éclaircit la voix, et redécouvrit la parole, à travers un tunnel sombre et profond où les mots n'avaient pas d'importance. Il n'y avait que le plaisir, que la volupté, que la tendresse, que l'écoute si généreuse qu'il avait de son corps, que cette étrange impression d'avoir…

Trouvé sa place.

— Tu me demandes… l'impossible, Andrea. Comme d'habitude, tu es injuste.

— Oh ! dit-il en souriant, étincelant d'insolence. Faut-il te faire encore attendre un peu, alors ?

Monica enfouit son visage dans son cou et murmura :

— Je ne crois pas que je puisse attendre… S'il te plaît, Andrea, ne t'arrête pas, s'il te plaît.

Sa bouche trouva la sienne, et elle s'abandonna à son baiser, à la sensation rugueuse de sa poitrine dure contre ses seins. Puis, impitoyable, il glissa son pouce sur son clitoris, et reprit ses va-et-vient, et de nouveau, elle oublia le monde entier, focalisée sur le point d'extase qu'il atteignait encore et encore, uniquement abandonnée à la jouissance qui grimpait en elle et l'emportait vers des cimes inexplorées. L'orgasme l'engloutit soudain comme une onde de choc, et elle s'entendit crier toute l'intensité de sa passion.

Au-dessus d'elle, il étouffa de nouveau un juron, les muscles crispés, et bientôt ses coups de reins se parèrent d'une autre intensité. Elle ferma les yeux et savoura ce nouvel espace, sublime, intime, où elle avait la conscience exacerbée de son corps qui la pénétrait de façon fluide, des sons de leur chair, des sons de son plaisir, du parfum de sa sueur et de son eau de Cologne… Elle le sentit frémir, trembler, vibrer, et referma ses bras autour de lui alors qu'il crispait les mains à ses hanches et laissait échapper un cri guttural.

Leurs souffles courts se mêlèrent dans le silence soudain. L'air avait l'odeur du sexe, et Andrea était un poids délicieux sur son corps, et elle sut qu'elle n'oublierait jamais l'intense beauté de cet instant.

10

Quand Andrea s'éveilla du sommeil le plus profond dont il avait profité depuis des années, la chambre était baignée d'un soleil aveuglant. Il jeta un œil à sa montre ; il était dix heures et demie passées.

Il retomba sur le lit avec un grognement, habité par une paresse à laquelle il s'abandonnait rarement. Avec un soupir de bien-être, il tendit le bras et se tourna sur le côté… Mais le lit était vide, et froid, ce qui voulait dire qu'elle était levée depuis longtemps.

L'efficacité matinale était une belle qualité, chez une assistante, mais beaucoup moins chez une amante. Un sourire idiot lui échappa à l'idée qu'elle lui aurait sans doute répondu vertement s'il avait émis cette critique à voix haute.

Il aurait peut-être dû avoir des doutes, ce matin. Mais pour que faire, alors que leur alchimie était absolument extraordinaire ? Pourquoi s'interdire d'explorer la passion qui les unissait, et de la savourer ? Un jour, ils s'en lasseraient tous les deux, et ils se sépareraient paisiblement. Oui, Monica était différente de ses autres amantes, mais elle le connaissait mieux que personne, mieux même que sa famille. Elle avait clairement établi qu'elle connaissait ses limites, et qu'elle voulait tout de même avoir une liaison avec lui. Pourquoi faire compliquer, quand tout était si simple ?

Et pourtant, quelque chose lui avait tenaillé l'esprit, la veille, lorsqu'il avait été trop transporté par l'exultation pour réfléchir ; il avait voulu lui poser la question, quand elle s'était dénouée de lui, après l'amour, pour filer vers la salle de bains sans demander son reste. Il avait ri de son air mystérieux, qu'il avait interprété comme de la timidité.

Se souvenait-il de la dernière fois qu'il avait ri au lit ? D'habitude, le sexe était une affaire bien sérieuse, et il était en colère contre lui-même lorsqu'il succombait à la tentation du corps en sachant qu'il n'avait rien d'autre à offrir, même s'il le clarifiait toujours pour ses partenaires. Quand bien même, après l'acte, il ne voulait qu'une chose : disparaître au plus vite, et éviter la gêne d'une fausse intimité.

Il ne s'était pas toujours comporté ainsi. Il avait eu son lot de petites amies et d'amantes, à l'époque où il était pilote de course. Jeune, beau et dynamique, il avait le monde à ses pieds, et il aimait être entouré. Il avait sincèrement apprécié le temps passé avec sa copine de l'époque, puis avec Chiara, apprécié le confort et le rire que ces relations avaient injectés dans sa vie. En grandissant avec des parents qui s'embrassaient pour un rien, dansaient dans la cuisine et exprimaient leur affection avec une simplicité si vraie, lui et Romeo avaient tous deux cherché à construire des liens profonds avec autrui.

Mais l'accident avait tout changé. Ou plutôt, *il* avait changé après l'accident, pour survivre. Et voilà qu'aujourd'hui, après des années, il se prenait à désirer quelque chose de plus qu'un coup d'un soir pour soulager sa tension. Il voulait... Il voulait ce matin paresseux dans les bras de Monica, et de longues nuits étincelantes d'extase, et son rire au détour d'un baiser.

Lorsqu'ils briseraient leurs fiançailles, dans de longs mois, il retrouverait son emploi du temps punitif, mais d'abord, il voulait se faire plaisir. Il voulait faire plaisir à Monica, aussi.

Elle lui avait parlé, dans le secret de la nuit, du passé qu'elle n'avait jamais partagé avec lui – des orphelinats, des familles d'accueil, des regards et des mains qu'elle avait repoussés. Tourné vers elle, devinant son profil dans la pénombre, il avait senti une barrière se fissurer dans sa poitrine ; toutes les tendres émotions qu'il avait si longtemps étouffées à l'encontre de tous, sauf de sa famille, étaient revenues à la vie. Mais cela ne voulait rien dire : par nature et par éducation, il avait toujours eu à cœur de protéger et de rendre heureux les personnes qui gravitaient autour de lui, et particulièrement celles qui n'avaient pas les mêmes privilèges que les siens. C'était aussi simple que cela : une affection réelle, et un sens du devoir qu'il lui avait souvent reproché, à elle, en sachant fort bien qu'il possédait le même.

Alors oui, bien sûr, lorsque le magnétisme qui les unissait s'évanouirait, il continuerait d'avoir de la tendresse pour Monica. Il continuerait de vouloir son bonheur. Et alors ?

Lorsqu'il l'avait attirée dans ses bras, qu'il avait réchauffé ses mains froides, caressé ses longs cheveux et embrassé sa tempe, elle s'était enfouie au creux de lui avec une confiance totale qui lui avait fait l'effet d'un cadeau inestimable, le cadeau le plus précieux qu'il eût jamais reçu. À son oreille, elle lui avait murmuré quelque chose qu'il n'avait pas compris, et ils avaient somnolé un moment, ensemble.

Avec ses pieds glissés entre ses jambes, ses courbes pressées contre lui, et les mouvements impulsifs du sommeil, elle l'avait ramené à la conscience un peu plus tard. Il l'avait embrassée, de nouveau durci par le désir, et leur baiser s'était rapidement fait vorace, leurs mains avides. Cependant, lorsqu'il avait glissé sa main entre ses cuisses, elle avait amorcé un mouvement de recul. Il lui avait demandé si tout allait bien ; elle avait admis qu'elle avait un peu mal, et ils s'étaient rendormis dans les bras l'un de l'autre.

Mais maintenant... Maintenant, son cerveau était en état de marche, et la réalisation le frappa de plein fouet. Il bondit hors du lit, enfila un jogging, et la trouva sur la terrasse ouverte, vêtue d'un pantalon élégant et d'un chemisier, assise face à son agenda sombre avec un café et un bol de fruits.

— Depuis combien de temps es-tu réveillée ?

Monica sursauta si fort qu'elle manqua de renverser son café ; elle tourna la tête, et le rythme surpris de son cœur ne fit que s'accélérer.

Andrea était posté à l'entrée de la terrasse, seulement vêtu d'un jogging, les cheveux ébouriffés, la bouche encore gonflée de baisers passionnés... Elle nota que ses épaules nues affichaient les marques en croissants de lune de ses ongles.

Elle sentit son visage s'empourprer, mais, bien au-delà de la mortification, une satisfaction possessive la saisit.

— Bonjour, dit-elle, souriante, en se levant. J'ai fini le café que tu préfères, mais j'ai fait une nouvelle commande... une autre marque, et je sais que tu n'aimes pas le changement, mais crois-moi, tu vas adorer celle-ci. Je peux te faire un café et une omelette pendant que tu te douches ?

Il se redressa, abandonnant sa posture détendue, et quelque chose qu'elle ne parvint pas à interpréter apparut dans ses yeux sombres. Lancée, elle continua malgré tout :

— J'ai demandé au service juridique de me faire envoyer les contrats ici pour que je jette un œil aux nouvelles corrections exigées par l'entreprise de M. Brunetti. J'ai repoussé ton rendez-vous de ce matin avec M. Makiko à mardi, puisque tu visites la manufacture lundi, dit-elle en suivant la liste qu'elle avait notée sur son agenda. Oh ! et tous les fonds levés hier au gala ont été validés et transférés au comptable de l'association. J'ai repris tous tes appels, puisque je redeviens ton assistante. L'intérimaire retourne à la comptabilité dès lundi.

— C'est tout ?

Elle toussota, un peu mal à l'aise, et s'avança pour passer dans le salon, où elle pourrait s'occuper de ce café qu'elle lui avait promis ; il saisit son poignet et l'arrêta.

Elle frissonna. Son torse était chaud de soleil, et le parfum de sa peau lui parvint, enivrant, et, mon Dieu, pourquoi était-il si incroyablement beau au lever du lit ? Elle aurait tout donné pour qu'il l'attire contre lui et lui donne toute sa chaleur et l'embrasse à perdre haleine.

Mais il se contenta de la relâcher, doucement, et de la scruter de son regard sombre, avec une intensité qu'elle peinait à soutenir sans se trahir.

Lorsqu'elle s'était réveillée, à l'aube, elle était restée longtemps au creux de lui, le cœur battant, le souffle court, comme une criminelle volant quelque chose. Il était si profondément endormi qu'il ne l'avait pas sentie quand elle s'était détachée de lui pour se caler sur un coude et le contempler à loisir, traçant le patchwork de cicatrices qu'elle n'avait pas remarqué, la veille, et qui s'étalait sur sa hanche. Finalement, après une demi-heure à l'observer sans se lasser comme une idiote folle amoureuse, elle avait pris la seule décision sensée : elle n'allait pas s'accrocher à lui, ou demander quoi que ce soit, ou même se comporter comme s'ils partageaient maintenant une intimité particulière. Elle ne lui donnerait aucune raison de prendre peur. C'était la seule façon de prolonger cet état de grâce, la seule façon qu'elle avait de le posséder un peu. Alors, elle avait fait ce qu'elle avait toujours fait : elle s'était remise au travail, et elle lui avait facilité la vie.

— Où as-tu trouvé tes vêtements ?

— J'ai appelé la villa en espérant tomber sur Shania… C'est Flora qui a répondu, marmonna-t-elle.

La bouche d'Andrea tressaillit.

— Et ?

— Elle m'a demandé une liste des choses dont j'avais besoin, elle a fait emballer tous les articles qu'elle a voulu m'acheter à la boutique où elle m'a emmenée il y a deux jours, elle a commandé deux trousses de toilette – une pour ici, une pour la villa –, parce qu'il faut donner l'illusion que je te suis, n'est-ce pas ? Et ensuite…

Cette fois, c'était certain, il se moquait d'elle. Il affichait un grand sourire, et elle lui tapa faiblement l'épaule, déconfite.

— Bref, tu connais Flora mieux que moi, marmonna-t-elle. Je n'ai pas pu en placer une.

— Tu es mal à l'aise que ma mère sache ce qui se passe entre nous. Pourquoi ?

— Je ne veux pas qu'elle pense que je tire avantage de la situation. De toi.

Alors, il éclata de rire ; un vrai rire, à gorge déployée, la tête en arrière, et si proche qu'elle en sentit la vibration à travers sa poitrine. Mortifiée, Monica tapa du pied, laissa échapper un juron qu'elle lui avait emprunté et qu'elle trouva aussitôt inapproprié, et se vit récompensée par son hilarité redoublée. Très bien ! Puisqu'il était si occupé à se moquer d'elle, elle allait reprendre son chemin là où il l'avait interceptée. Seulement voilà, il ne fit pas que l'arrêter, cette fois-ci, mais la souleva dans ses bras en ignorant royalement sa protestation offensée, puis retourna dans le salon pour s'asseoir sur le sofa en la gardant sur ses genoux.

Monica cligna des yeux, le souffle court, et le fixa un instant sans mot dire. Un manque intense s'ouvrit en elle, comme un gouffre sans fond, alors qu'elle regardait les lignes profondes autour de sa bouche. Ses yeux dansaient d'amusement, et il n'avait jamais été aussi sublime, sublime à lui briser le cœur.

— Je suis heureuse de te divertir, lança-t-elle vertement. Peut-être devrais-je ajouter « clown » aux nombreux rôles que je suis capable d'accomplir pour tes beaux yeux ?

— Pourquoi pas, quoique ce ne soit pas mon rôle favori, susurra-t-il en embrassant sa mâchoire, son cou, le lobe de son oreille. Donne-moi donc ton agenda, j'ai une autre liste à te faire. Je me sens dépossédé, tu sais ? Je me suis réveillé seul dans un très grand lit. Tu aurais dû rester.

Monica s'arqua sous sa bouche alors qu'il glissait sur sa gorge, tirant sur le décolleté en V de la blouse. Elle s'entendit ronronner de plaisir, une supplication muette, muée en exclamation grisée quand il abaissa brusquement son chemisier et son soutien-gorge pour frotter sa joue rugueuse sur son téton tendu. C'était décadent, licencieux, et si divin qu'un éclair l'électrisa. Elle enfouit ses doigts dans ses cheveux pour le retenir ; obéissant, il attira son téton entre ses lèvres. Elle sursauta légèrement en se sentant déjà mouillée, et, oh, s'il continuait ainsi, peut-être qu'elle jouirait de cette seule torture, là, sur ses genoux...

Mais il s'interrompit brutalement.

Puis, il replaça tranquillement son soutien-gorge et sa blouse alors qu'elle tremblait de frustration.

— Tu es dangereuse, *bella*, dit-il. Ce n'est pas ce que j'avais prévu de faire ce matin.

— Alors pourquoi tu as commencé ? rétorqua-t-elle, piquée au vif. Tu... Tu...

Un sourcil arqué, il l'observait avec intérêt, le regard toujours amusé. Agacée, elle entreprit de se relever, mais il la retint entre ses bras.

— Je vais finir par croire que tu me trouves hilarante, siffla-t-elle, pulsant de désir, de frustration et de colère.

Le sourire d'Andrea s'envola.

— Non, corrigea-t-il. Je te trouve adorable, et parfois naïve, mais cela ne veut pas dire que je ris de toi. Je ris *avec* toi.

La tendresse de sa voix, à elle seule, aurait pu causer sa perte. Monica détourna le regard. Cette fois-ci, quand elle essaya de se relever, il la délivra de son étreinte, et elle le regretta immédiatement.

Oh ! quelle idiote.

Plutôt que de prendre la fuite ou de s'accrocher à lui, elle s'assit sur la table basse, tout près, ses genoux glissés entre les siens, assez pathétique pour savourer cette parcelle de contact. Il se pencha en avant et glissa un doigt sous son menton pour qu'elle relève la tête et soutienne son regard.

— Hé. Dis-moi ce qui se passe ce matin.

Elle aurait aimé pouvoir lui mentir, ou peut-être avoir l'audace de lui faire oublier la vérité en l'embrassant jusqu'au vertige. Mais elle était ce qu'elle était, et Andrea n'était pas le genre d'homme à se laisser distraire lorsqu'il avait une idée en tête. Elle grimaça.

— Je ne voulais pas t'embêter, et je ne voulais pas que tu penses que j'attendais quoi que ce soit de toi parce que nous avons passé la nuit ensemble. Il y avait du travail à faire de toute façon, donc je me suis dit que je pouvais me rendre utile.

Il hocha la tête, pensif.

— Nous n'avons pas besoin d'être gênés l'un avec l'autre, Monica. Nous sommes deux adultes consentants, *si* ?

— J'ai juste... paniqué parce que je ne savais pas comment me comporter dans cette situation et...

— Parce que tu n'as jamais vécu cette situation ?

— Non, dit-elle en tentant un petit sourire provocant, je n'ai jamais eu de relation sexuelle sulfureuse avec mon patron.

— Et tu n'as jamais eu de relation *sexuelle* tout court.

Elle eut la force de ne pas détourner le regard. Elle ne dit rien, mais son silence était une réponse lourde de sens. Oh ! s'il lui disait de nouveau qu'elle était pathétique, elle le planterait là sans autre forme de procès.

— Je pense que ça ne concerne que moi, dit-elle enfin.

Il se pencha en avant et pressa ses genoux autour de ses cuisses.

— Je suis d'accord, *bella*. J'aurais juste aimé que tu me le dises pour que...

— Pour que tu trouves une autre raison de ne pas être avec moi ? Je ne sais pas ce que tu en penses, mais j'ai beaucoup aimé ce qui s'est passé cette nuit, Andrea. Je n'ai aucun regret. Peut-être que le problème, c'est toi et ton...

Il captura ses lèvres sur un baiser si dévastateur qu'elle en aurait perdu pied si elle n'avait pas été assise. Il ne s'agissait plus de la tendre exploration de la veille, non : c'était un baiser brut, possessif, un baiser qui la faisait frémir des pieds à la tête, déclamant sans équivoque que l'obsession qu'elle avait pour lui était mutuelle. Pour le moment.

Sa langue s'appropria sa bouche, et ses dents mordillèrent ses lèvres, une exquise punition à ses doutes, et ses grandes mains puissantes saisirent sa sage tresse jusqu'à ce qu'elle incline sa tête en arrière, vaincue, les yeux dans les siens.

— J'ai des projets pour ta tresse, et pour toi.

La convoitise battait en elle comme un tambour. À l'instar d'un arc, il tira et tendit son corps, et elle suivit la traction, haletante, pour accueillir le cheminement brûlant de sa bouche au cœur de son décolleté, jusqu'à la courbe de son sein.

— Tu crois vraiment que je n'ai pas aimé la nuit dernière ?

Il la délivra et, les mains sur ses cuisses, elle grimpa de nouveau sur ses genoux et se plaça, attentivement, minutieusement, juste à l'endroit où elle avait besoin du relief de son érection.

— Non, murmura-t-elle. Tu m'as convaincue.

Les yeux dans les siens, il retomba contre le dossier du sofa. Cette fois, Monica s'enhardit, et laissa ses mains exprimer leur tendresse ; elle caressa du pouce la forme précieuse de sa bouche, puis suivit les marques roses qu'elle avait laissées sur sa peau. Dieu qu'elle aimait le toucher ainsi, comme si elle en avait le droit, et le voir réagir avec délice à sa caresse.

— Tu étais fiancée à ce petit voyou, *cara mia*. J'essaye juste de comprendre ce qu'il s'est passé, et si je dois le retrouver pour lui faire regretter d'être né.

— Je sais que c'est étrange, et j'aimerais te parler de tout cela, mais... je ne veux pas que tu te moques de moi.

Il pinça les lèvres.

— Je ne suis pas comme Francesco, rétorqua-t-il.

— Je sais, et je ne voulais pas...

Il posa deux doigts contre sa bouche pour endiguer ses excuses.

— Non, c'est moi. Tu as eu une vie si différente de la mienne, tu es si jeune et...

Il s'interrompit et secoua la tête, comme s'il ne pouvait dire le fond de sa pensée.

— Écoute-moi, Monica. Je ne rirai jamais de ce que tu as dû faire pour survivre dans ce monde. Jamais. Je pense que tu es merveilleuse, et plus merveilleuse encore d'avoir gardé ta générosité et ton enthousiasme après avoir vécu tant de difficultés.

Chaque mot démantelait, brique par brique, la forteresse qu'elle avait précautionneusement montée autour d'elle-même. Jusqu'à maintenant, elle n'avait jamais compris combien elle avait besoin de se sentir ainsi comprise, et de s'entendre dire qu'elle avait bel et bien survécu sans y sacrifier des parts d'elle-même. Et cette révélation lui venait de cet homme, qui avait toute sa confiance, tout son respect. C'était un bonheur incommensurable.

Elle se pencha en avant et noua ses bras autour de lui, les yeux brûlants de larmes. Puis, dans la protection de son épaule, elle lui parla longtemps, car elle avait toujours eu envie de tout avouer à quelqu'un, et à qui mieux qu'Andrea, qui la rendait plus courageuse et plus audacieuse qu'elle ne l'avait jamais été ?

— Quand j'étais petite, mon corps s'est développé trop vite, et à quatorze ans j'étais déjà très grande, j'avais déjà ce visage, ces jambes et ces seins, mais personne ne m'aidait à comprendre pourquoi je n'attirais que la pire des attentions de la part des garçons et des hommes. Peut-être que le père D'Souza me l'aurait expliqué, mais il n'avait pas le droit de garder les enfants à l'orphelinat après leurs onze ans.

— Le père D'Souza ?

— On m'a laissée, encore bébé, sur les marches de son église. C'est lui qui est à la tête de l'orphelinat. Très romanesque, pas vrai ? Mais il a été comme un père pour moi, la seule famille que j'ai connue, et quand j'ai été assez vieille pour choisir, j'ai décidé de prendre son nom.

— C'est à lui que tu rends visite à New York ?

Elle sourit au souvenir de l'année précédente, quand Andrea avait aligné les caprices parce qu'elle s'était absentée trois semaines.

— Oui. Il s'inquiète pour moi et je m'inquiète pour lui. Il a soixante-treize ans maintenant et j'aime aller le voir au moins une fois par an. C'est lui qui a remarqué mon talent pour les langues et m'a encouragée à suivre des cours supplémentaires au collège de nuit. C'est lui aussi qui m'a envoyé un peu d'argent, quand je suis arrivée ici.

— Envoie un don à son orphelinat, au nom de mon père, ordonna-t-il.

Monica cacha son sourire contre sa poitrine. En tant qu'assistante d'Andrea, et comme invitée occasionnelle de Flora à ce genre d'événements, elle savait que Valentini Luxury Goods soutenait bon nombre d'organisations de charité. Mais ce don-là… C'était un geste très précieux pour elle. Et même s'il risquait de rire d'elle encore une fois, elle embrassa sa joue et lui murmura un « merci » à l'oreille.

— Désolé de t'avoir interrompu, répondit-il en pressant sa joue contre la sienne. Je t'écoute.

Elle ne voulait pas analyser pourquoi il était si simple de se confier à lui, si bon d'admettre des angoisses qu'elle n'avait même jamais admises devant Romeo, qui était devenu un de ses amis les plus proches.

— J'ai vite compris que mon physique était une malédiction. J'ai préféré garder mes distances avec ma propre féminité, ma sexualité. Je suis sortie avec un garçon, à dix-huit ans… Il n'était pas méchant, mais j'étais coincée dans mes propres angoisses, et quand le moment fatidique est arrivé, je suis partie. J'avais compris que je n'étais pas vraiment… intéressée. Avec Francesco, nous avons… Nous sommes allés plus loin que des baisers, mais je n'arrivais pas à me convaincre d'aller jusqu'au bout. J'ai essayé, vraiment. Il était frustré, j'étais frustrée. Je voulais que notre couple fonctionne, tellement fort. J'avais monté cette petite vie parfaite de toutes pièces, dans ma tête. Il me disait que nous avions toute notre vie, qu'il pouvait attendre, et c'est une des raisons pour lesquelles je lui faisais confiance ; je me disais qu'il était si gentil, si patient, si prêt à essayer de nouveau quand j'en aurais envie. Mais quand je l'ai appelé, le jour du mariage…

Les bras d'Andrea se tendirent autour d'elle.

— Il a révélé ses véritables sentiments sur la question. Rien de nouveau, bien sûr. Il pense juste que je suis belle à l'extérieur, mais inutile, une sculpture frigide, bonne seulement pour être exhibée.

— Il a besoin qu'on l'éduque, siffla Andrea.

— *Il* m'a éduquée sur un point, et je lui en suis reconnaissante.

— Pardonne-moi si je ne te demande pas sur quoi, *bella*. Tu es bien trop généreuse et je ne veux rien entendre de positif à son sujet, grogna-t-il.

Elle sourit, frappée par un besoin soudain et impérieux de l'étreindre de toutes ses forces. Plutôt que de s'y risquer, elle opta pour un baiser, dans lequel elle déversa toute sa tendresse, toute sa douceur, comme autant de papillons libérés.

— Et en quoi ai-je mérité cela ? murmura-t-il.

Pour un homme qui montrait si rarement ses émotions et n'aimait pas qu'on exhibe les siennes devant lui, il avait un réel talent pour comprendre l'essence de ses baisers. Elle haussa les épaules, toujours méfiante à l'idée de se heurter aux limites de leur nouvelle intimité, et bondit.

— Nous avons beaucoup à faire, aujourd'hui.

— Quelle stricte assistante tu fais, *cara*. C'est samedi !

— Et tu as travaillé tous les samedis depuis que j'ai rejoint ton bureau, Andrea.

— Aujourd'hui, je suis plutôt d'humeur à m'amuser. Je vais passer la journée au lit avec ma fausse fiancée et explorer un peu notre vraie passion. Il y a des choses que je n'ai pas essayées hier soir. Alors, si tu peux rentrer chez toi ce week-end et la convoquer, *por favor*, je suis impatient de m'atteler à la tâche.

Comment parvenait-il ainsi à la faire rougir, sourire, et même glousser ? Où avait-il caché ce sourire malicieux, cette fossette espiègle ? Et quelles chances avait-elle de lui résister, alors qu'il lui donnait sans arrêt le vertige ?

— Votre fausse fiancée est occupée aujourd'hui, monsieur Valentini.

— Oh ? Et pourquoi donc ?

— Elle va apprendre à faire des *gelato*.

— Avec qui ?

Il l'avait sans doute déjà compris…

— Avec Romeo. Nous avons réservé le cours il y a des semaines, et nous étions très impatients de rencontrer le chef qui en sera l'instructeur, et j'aime passer du temps avec Romeo ; je ne vais pas l'abandonner du jour au lendemain parce que tu…

Elle s'interrompit en le voyant se pencher vers elle, un éclat taquin au fond des yeux.

— Parce que je voulais nous faire très, très plaisir à tous les deux, et te goûter de nouveau ? Parce que j'aurais aimé te donner la liste de mes objectifs pour que nous découvrions si nous pouvons tous les atteindre dans la même journée ? Ton efficacité m'a toujours rendu fou, tu sais.

Elle se sentit rougir ; il rit en l'attirant dans ses bras, et elle manqua de tomber en morceaux, emportée par cette joie si facile, par la magie qui vibrait entre eux.

— Je peux venir ? s'enquit-il.

— Tu veux vraiment prendre ton samedi et venir apprendre à faire des glaces avec moi ? demanda-t-elle, incrédule.

— Avec toi, oui, rétorqua-t-il, à un souffle de ses lèvres. Et pour tes beaux yeux, j'imagine que je pourrais supporter d'avoir un petit frère trop collant.

Puis, sa bouche trouva la sienne, et Monica oublia un moment tout ce qui n'était pas Andrea, Andrea, Andrea.

11

Pour Monica, la vie se transforma en tourbillon effréné pendant les deux mois suivants. Elle était la nouvelle fiancée d'Andrea et tout le monde voulait la voir de ses propres yeux et se forger une opinion.

Et les opinions ne manquaient pas, remarquait Monica avec une méfiance croissante. La famille Valentini voyait Andrea jouer le rôle du fiancé possessif et passionné avec un aplomb auquel elle ne s'attendait pas, et dans les yeux de Flora, Monica devinait parfois des doutes qu'elle n'exprimait pas. Dieu merci, ni elle ni Romeo ne changèrent de comportement envers elle.

Pour les amis, les collègues et les lointains cousins d'Andrea, qui gravitaient tous autour de lui en quête de contacts ou d'assistance, elle n'était que la petite orpheline américaine qui avait, pour un temps, mais pour un temps seulement, mis le grappin sur l'austère aîné Valentini. La plupart étaient assez rusés, néanmoins, pour rester tout sucre tout miel en sa présence, et les plus fins comprirent bien vite qu'il lui faisait trop confiance pour qu'ils ignorent la menace qu'elle représentait.

Plus d'une fois, elle avait été dérangée par la décontraction avec laquelle ils s'appropriaient les privilèges d'Andrea, comme si son succès leur était dû. Comment Andrea pouvait-il s'autoriser de véritables amitiés lorsque tout un chacun cherchait à l'utiliser pour arriver à des fins égoïstes ?

Quant au reste du monde, l'opinion était aussi unanime qu'écrasante : Monica D'Souza était la nouvelle vedette de la presse parce que son histoire avec le PDG de Valentini Luxury Goods n'était rien de moins qu'un conte de fées devenu réalité.

Les fêtes, les galas et les apparitions publiques s'enchaînèrent. Où qu'elle aille, avec Andrea, Flora ou Romeo, elle était assaillie de questions, elle, la belle parvenue américaine aux origines inconnues, la femme de l'ombre qui avait volé à la haute société le célibataire le plus endurci et le plus convoité de Milan ; on voulait en savoir plus sur leur relation, on voulait connaître les secrets qui lui avaient permis de séduire l'insaisissable et sublime Andrea Valentini. Et chaque seconde de cette attention invasive restait invariablement une torture.

Cependant, si elle se sentait, face aux médias, aussi timide qu'un lapin apeuré, elle adorait apprendre à connaître Andrea dans l'intimité. Andrea, charmeur, drôle et séduisant, et, comme lui assurait Romeo, plus vivant, plus amusant et plus enthousiaste qu'il ne l'avait été depuis des années.

Et Andrea… Elle ne se lasserait jamais de la tendresse qu'il lui montrait de mille petites façons, jamais de la frénésie fervente de leurs ébats. Elle aurait presque aimé que leur fausse relation n'orbite qu'autour de la vraie passion qu'ils avaient l'un pour l'autre, l'alchimie qu'ils instillaient dans toutes leurs caresses. Dans ce cas-là, elle aurait peut-être pu convaincre son cœur que leur liaison n'était que physique, une capsule de plaisir, extraordinaire et temporaire… Mais Andrea, à chaque instant, contredisait les mensonges auxquels elle essayait en vain de se raccrocher.

Si Monica avait l'impression que sa vie, soudain, avait toute la beauté et la vigueur d'une rivière déchaînée, scintillante, à la fois riche et pure, ce n'était pas juste à cause du sexe, aussi phénoménal soit-il ; c'était, avant tout, grâce à ces instants précieux comme des joyaux où il lui offrait toute son attention, toute sa complicité, où il semblait savourer sa compagnie, où il riait à son humour, où il s'abandonnait à la tendresse.

Mais bien sûr, c'était un fil de pensée bien dangereux à suivre. Elle ne pouvait s'adonner à des fantasmes impossibles, elle se l'était promis. Non, elle voulait vivre au jour le jour, savourer chaque heure passée avec Andrea, plutôt que de se perdre dans le rêve d'un avenir commun.

Et elle avait maintenant l'intention de prendre l'initiative. Non pas qu'elle ne soit pas heureuse de suivre Andrea là où il en avait envie : en deux mois de cette relation factice et pourtant si vraie, elle avait vécu plus d'aventures qu'elle n'aurait pu l'imaginer dans toute son existence. Elle avait ri, elle avait joui, elle avait exploré sa propre sexualité sous ses mains patientes, elle avait appris à comprendre ses besoins, à exprimer ses souhaits ; elle avait vécu, réellement vécu, plus qu'elle n'avait vécu en vingt-trois ans. Elle espérait qu'il ressentait la même chose auprès d'elle.

Il semblait plus détendu, c'est vrai, et plus ouvert à la spontanéité, mais elle était tout de même nerveuse à l'idée de dépasser une limite tacite, car elle n'avait pas choisi n'importe quel jour pour tester sa propre audace : c'était bientôt la date à laquelle, dix ans plus tôt, Andrea et Romeo avaient perdu leur père. Tout le monde savait, même au travail, qu'Andrea disparaissait ce jour-là ; ni sa mère ni son frère ne savaient où il allait. Et chaque année, elle avait été témoin de la façon dont son comportement changeait subtilement, pendant les semaines précédant l'anniversaire de l'accident ; la façon dont l'ombre du deuil l'engloutissait, lentement, discrètement.

Mais une petite part d'elle-même voulait désespérément être à ses côtés, cette fois-ci. Passer la journée avec lui, même s'ils restaient assis dans le silence le plus total. Elle voulait lui offrir sa compagnie, son épaule, son soutien, et un peu de réconfort le jour où il se sentait forcé de se retirer du monde.

La date fatidique arrivait à grands pas, et ce mercredi soir-là, elle réfléchissait toujours aux options qui s'offraient à elle lorsqu'il entra dans son bureau et jeta un dossier devant elle. Il était vingt heures passées, et les lumières du quartier financier de Milan scintillaient comme des étoiles derrière les baies vitrées. Ils avaient travaillé aux corrections finales de Brunetti, envoyées par le service juridique, depuis 6 heures du matin. Elle était épuisée, épuisée par le dîner d'affaires qui les avait tenus éveillés jusqu'à 2 heures la veille, et par sa propre inquiétude.

Toute la journée, elle avait attendu de voir l'humeur d'Andrea s'assombrir. Au contraire, il semblait marcher sur un petit nuage, depuis plusieurs jours. M. Brunetti avait enfin accepté la plupart des termes de la fusion. Andrea et elle avaient travaillé plus dur, mais aussi exulté plus intensément que d'habitude – à tel point que Monica en était venue à se demander si Andrea utilisait le sexe pour noyer le souvenir de sa peine. Non pas qu'elle ne soit pas heureuse de lui venir en aide sur ce point…

— Tu as encore oublié deux pages, lança-t-il en se calant contre le bureau.

Elle s'empourpra et s'empressa d'ouvrir le dossier, où les deux pages fautives l'attendaient, dénuées de notes. Comment avait-elle pu les sauter ? Et dire qu'elle s'enorgueillissait de son efficacité… C'était inacceptable.

— Je suis désolée, je n'ai aucune excuse. Je m'en occupe tout de suite.

Il posa une main impérieuse sur le dossier.

— Hé. Ça fait deux erreurs en une journée. Et deux erreurs en trois ans de travail en commun.

Elle leva les yeux, et trouva les siens pleins de cet amusement indulgent qui ne manquait jamais de faire crépiter en elle une flamme euphorique.

— C'est deux fois de trop, dit-elle. Je ne sais pas ce qui m'a pris, mais je te promets…

— Ce qui t'a pris, c'est que tu es épuisée, et c'est ma faute, la coupa-t-il en lui volant le dossier.

Il se pencha en avant et caressa le dessous de ses yeux d'un pouce inquisiteur.

— Pourquoi ne m'as-tu pas demandé de prendre une pause, *cara* ? Tu es exténuée.

— *Tu* n'as pas pris de pause, rétorqua-t-elle.

Pour preuve, elle leva un doigt pour toucher la parenthèse qui entourait sa bouche élégante. Oh ! comme elle aimait être autorisée à le toucher ainsi, comme s'il était à elle, comme si elle avait des droits sur sa beauté, sur son âme. Que ferait-elle donc, quand tout cela s'arrêterait ? Quand la fusion serait validée, et que son intérêt pour elle s'éteindrait ?

Et, comme toujours, plutôt que de se laisser aller à ces angoisses qui la tenaillaient jour et nuit, elle força un sourire.

— Ne fais pas deux poids, deux mesures, Andrea. Tu sais très bien que tu ne t'arrêtes jamais.

— J'ai passé des années à entraîner mon corps et mon esprit à survivre à peu de sommeil. Mais pour toi, les nuits et les jours sont longs, non ?

Son regard gris courut sur elle, de ses cheveux hâtivement attachés à sa chemise masculine et à son pantalon de tailleur, et laissa sur son chemin une traînée incandescente.

— Je t'en demande trop, conclut-il. Mama et Romeo me l'ont déjà dit.

— Non. J'aime passer mon temps avec toi, au travail et en dehors. Je ne dirais pas non à moins de dîners mondains, évidemment, mais le reste… C'est un vrai bonheur.

Idiote. Elle devait être écarlate, maintenant, mais il récompensa sa candeur d'un large sourire, et se pencha en avant d'un geste fluide pour poser sur ses lèvres un baiser-murmure qui envoya son cœur au galop.

Elle attendait toujours que le besoin vorace qu'elle avait de lui diminue, ou s'adoucisse. Mais non : chaque caresse, chaque baiser, même le plus innocent, attisait en elle un manque de lui toujours plus puissant. Elle savourait le moindre contact, chaque frôlement, chaque ébat, elle savourait ses provocations et ses défis… Et il lui semblait que les moments partagés, petit à petit, se nuançaient d'une émotion plus profonde. Ou était-ce simplement ce qu'elle voulait y voir ?

Et comme toujours, ce baiser-ci se transforma bientôt, éperonné par une soif insatiable, et se mua en étreinte désespérée. Peut-être parce qu'ils n'avaient pas fait l'amour depuis, combien ? Trente-six heures. Quelle honte.

Elle s'entendit protester lorsqu'il recula le premier, et referma les bras sur sa nuque pour le retenir. Les yeux fermés, elle sourit de sentir sa bouche glisser sur sa mâchoire et la pente de sa gorge. Éhontée, elle se cambra pour suivre ses mains, et accueillit son rire comme une récompense.

— Rentre, Monica. Prends une douche, dors, prends deux jours de congé, murmura-t-il en pressant un baiser sur sa tempe. Mon chauffeur peut t'emmener dans un petit hôtel de montagne en deux heures, et je te rejoindrai demain soir.

— Non, s'exclama-t-elle, soudain paniquée. Non, je veux clore le contrat...

Ils ne pouvaient pas partir ce week-end. Quand il prendrait conscience de la date, il la détesterait.

— Je travaille sur cette fusion depuis plus de deux ans. Brunetti a jeté autant d'obstacles qu'il a pu sur notre route. Signer le contrat définitif peut attendre trois jours.

— Je ne m'inquiète pas que du travail...

— Peu importe, annule mes rendez-vous. Pourquoi tant de résistance, *bella* ?

Il recula pour pouvoir l'observer, soudain attentif, comme s'il avait pu lire la réponse sur son visage.

— Ne viens-tu pas de me demander de lever un peu le pied, moi aussi ? ajouta-t-il.

— J'ai déjà annulé tous tes rendez-vous à partir de demain, Andrea, souffla-t-elle. Je savais que tu ne voudrais pas travailler vendredi et...

— Que se passe-t-il vendredi ?

— C'est le... 23 septembre. Tu... Tu ne travailles pas, d'habitude, ce jour-là.

Il recula brutalement, avec la force d'une ruade. Monica réalisa avec une horreur engourdie qu'il avait oublié l'importance de cette date, et elle lut la même horreur sur son visage, bientôt remplacée par une culpabilité insoutenable. Elle bondit pour le suivre, l'estomac noué de peur et de remords. Il passa dans la partie salon du grand bureau, ses mouvements dénués, soudain, de la grâce sobre qu'elle admirait toujours. Lorsqu'il atteignit son large bureau, il frotta son visage sans douceur, les épaules raides.

— Andrea, c'est juste un oubli. Tu as perdu la notion du temps, ces dernières semaines, avec la fusion…

— Je n'ai pas besoin que tu apaises mon remords, Monica.

Il ne s'était pas tourné, mais elle voyait son reflet dans les hautes fenêtres, et la façon dont il pressait ses paumes contre ses paupières closes. C'était une rare preuve de vulnérabilité, si brute qu'elle sentit son cœur se briser.

Elle déglutit, difficilement. Il y avait longtemps qu'il ne lui avait pas parlé sur un ton si dur, mais ce moment n'était pas à propos d'elle, pas à propos de leur relation. Et pourtant, elle s'entendit rétorquer :

— Je ne te dirai jamais ce que tu dois ressentir, Andrea. Mais tu ne peux pas me demander de ne pas m'inquiéter pour toi, et de n'être pas attachée à ton bonheur.

Ses mots avaient la dangerosité d'un champ de mines, et il n'hésita pas une seconde à le faire exploser.

— Je n'ai pas besoin de ton inquiétude ou de ton attachement. Ni à propos de cela ni dans aucune partie de ma vie personnelle. Nous avions été clairs, non ?

Il ne la voyait pas, mais elle hocha la tête. Décidée à ignorer la tension qui vibrait dans la pièce, elle entreprit de réunir ses affaires et glissa ses dossiers dans son cartable.

— Ta suggestion était une bonne idée, déclara-t-elle. Je vais arranger ton séjour à l'hôtel. S'il y a quelque chose à faire pendant ce temps, je m'en chargerai.

— Quelle parfaite assistante et amante tu fais, *bella*, transitionnant si facilement d'un rôle à l'autre, sans jamais demander quoi que ce soit, dit-il en pivotant lentement, la bouche pincée de cynisme.

Elle avait l'impression de retrouver l'Andrea des débuts, celui qu'elle avait rencontré trois ans auparavant, lorsqu'ils ne se connaissaient pas, qu'il traversait la vie, aveugle et sourd, et la traitait comme un docile mouton.

— Je pense à toi, dit-elle, habitée par une témérité nouvelle. Je sais que tu ne veux laisser personne prendre soin de toi, mais tu ne peux pas m'empêcher. Et je ne m'en excuserai pas.

— Et pourtant, tu n'insistes pas pour m'accompagner.

— Pas cette fois-ci, non, dit-elle, doucement, en avançant d'un pas, puis d'un autre, précautionneusement. Je crois que tout ce que je pourrais suggérer, là, maintenant, ne ferait qu'empirer ton humeur.

— Quelle arrogance, de penser que tu me connais assez pour pouvoir limiter les risques et me convaincre plus tard.

Elle retint une grimace, frappée en plein cœur par son mépris.

— Je sais que tu es dans un état d'esprit compliqué et cela ne me dérange pas d'être ton exutoire, dit-elle, protégée par la colère. Mais ne présume pas de ce que je ressens ou de ce que je veux.

— Dis-moi ce que tu veux, alors, ordonna-t-il, mais il ne parvint pas à soutenir son regard. Dis-moi ce que l'assistante parfaite, l'amante parfaite, la fausse fiancée parfaite veut *vraiment*.

— Je veux aller au chalet avec toi. Je veux être à tes côtés, et te donner l'espace de parler de tout ce que tu désires, si tu le désires. Je veux m'asseoir près de toi en silence, si c'est ce que tu préfères. Je veux aller au lit avec toi. Je veux que tu me parles de ce terrible jour. Je veux que tu cesses d'avoir à affronter ton deuil tout seul. Je veux que tu me décrives quel homme était ton père, parce qu'il devait être un homme extraordinaire, pour vous avoir élevés, Romeo et toi. Je veux m'occuper de toi comme tu t'occupes de tous. Je veux que tu cesses d'être seul, et si tu veux vraiment l'être, je penserai à toi à chaque instant.

Il avait baissé le menton, les sourcils froncés, comme si elle l'avait attaqué plutôt que de lui offrir son soutien.

— Je n'ai pas besoin d'en parler, *bella*. Te raconter comment j'ai mené mon père à fracasser sa voiture, comment mon égoïsme a manqué de tuer mon petit frère ne va pas transformer mes états d'âme. Rien de ce que tu pourras faire ne changera ce jour-là et ce que j'ai perdu, et l'homme que je suis devenu en conséquence.

Il se détourna de nouveau.

— Tu es unique en ton genre, *bella*, je te l'accorde. Mais tu ne pourras pas me changer. Et si tu commences à croire que...

— Non, ne t'inquiète pas, Andrea, je n'aurais pas l'arrogance de penser que je puisse exercer une influence sur toi. Mais...

— Alors pars. Avant que je dise quelque chose que nous regretterons tous les deux.

Monica avait attendu ce moment lors duquel elle se heurterait à une frontière infranchissable. Elle avait passé sa vie à composer avec des lignes tacites. Elle avait appris qu'elle n'était désirée que si c'était pratique, que si elle se comportait bien, que si, que si...

Et, cette fois-ci, la peur intrinsèque qui l'avait toujours enchaînée, celle qui lui susurrait qu'elle aurait pu être aimée, qu'elle aurait pu avoir une famille si elle ne demandait rien et restait docilement dans le cadre qu'on lui avait alloué, cette peur vola brutalement en éclats. Soudain, elle était libre, libre et terrifiée, mais capable, enfin, de témérité, alors même qu'elle reculait de quelques pas, docilement. Elle avait une question à lui poser, et elle ne la retiendrait plus.

— Est-ce que tu es en colère seulement parce que pour la première fois depuis dix ans, tu étais si heureux de ton quotidien que tu as oublié, pendant quelques jours, la souffrance dans laquelle tu t'es emmitouflé pendant si longtemps ? Ou es-tu en colère parce que c'est cette relation qui te l'a fait oublier ? As-tu donc décidé que tu n'avais pas le droit d'être heureux ?

Elle le vit à la raideur de ses épaules, la question le frappa avec toute l'intensité qu'elle avait voulu y mettre. Mais elle n'attendit pas sa réponse, car Andrea Valentini était un homme honorable, et elle ne voulait pas le forcer à mentir. La satisfaction d'avoir raison était bien amère.

Elle ferma la porte derrière elle, le cœur lourd, alors même qu'elle aurait tout donné pour rester auprès de lui et l'épauler à travers la peine.

12

Andrea avait passé l'anniversaire de la mort de son père à réfléchir aux questions que Monica avait laissées en suspens avant de disparaître, et à se maudire d'avoir été blessant avec la seule personne qui lui offrait son soutien sans faille.

Quant à oublier, même momentanément, la date de la mort de son père... Il ne savait toujours pas qu'en penser, ou comment l'accepter.

Pendant des années, cette date avait souillé son âme comme une marque sombre, aiguisant son remords et sa souffrance. C'était une punition qu'il méritait. Il passait la journée à boire, à rejouer mot pour mot leur dernière dispute, à se noyer lentement dans tous les regrets qu'il ne pourrait réparer. Pendant des jours, il n'osait croiser la route de sa mère ou de Romeo, de peur de voir sur leur visage la même rancœur et la même haine qu'il ressentait pour lui-même. Il ne s'était jamais autorisé à faire son deuil à leurs côtés, et avait toujours choisi d'être seul, comme marque de châtiment et de repentir.

Et pourtant, cette année... Tout avait changé.

Monica l'avait changé. Dès qu'elle l'avait quitté, il s'en était voulu pour sa cruauté ; et aujourd'hui, il se sentait assez lâche pour craindre de la regarder en face. Il n'avait pas de réponse à sa question, et il était assez réaliste pour savoir qu'il n'aurait rien admis, même s'il avait su que répondre.

À la place, il avait attendu deux jours pour revenir chez lui, décidé à ne pas montrer qu'il voulait la voir, elle ; mais elle n'était pas là, et, au lieu du lourd silence endeuillé auquel il s'était attendu, il avait découvert sa mère et Romeo occupés à rire devant les vidéos que leur père avait filmées dès qu'il en avait l'occasion. Les yeux fixés sur le visage hilare de son père, il les avait rejoints en silence et s'était assis à l'autre bout du canapé. Son père semblait ressuscité sur l'écran, dansant avec Mama pendant que lui ou Romeo tenait tant bien que mal la caméra...

Ils avaient regardé les vidéos pendant des heures. Petit à petit, Andrea s'était pris à rire avec sa famille, à partager ses souvenirs, et il avait senti ses yeux se remplir de larmes. Il avait mal à la tête, mais il avait le cœur plus léger. Sa mère l'avait enlacé et avait pleuré un peu ; elle lui avait aussi martelé qu'elle l'aimait de tout son cœur. Qu'il avait fait des rêves de son père une réalité, cent fois, mille fois ; et ne méritait-il pas de se pardonner, après toutes ces années ?

Alors Andrea avait compris combien il avait été stupide, pendant une décennie. Combien il avait souffert, en décidant de vivre seul dans sa souffrance. Il ne voulait plus de cette vie à travers laquelle il se punissait, s'ostracisait, se dissimulait aux yeux mêmes de ceux qu'il aimait plus que tout. C'était le contraire de ce que leur père lui avait toujours enseigné.

Après deux jours, Monica n'était toujours pas là. Elle était revenue, au troisième matin, dans une robe rose pâle, des lis sauvages à la main, les cheveux tressés, les yeux cernés ; sa simple vue avait fait monter en lui une bouffée d'émotions dont il tentait de comprendre le sens.

Il s'était inquiété, pour sa sécurité, bien sûr. Il avait détesté dormir seul, et avait sans arrêt tendu le bras, au milieu de la nuit, pour retrouver son étreinte. Elle lui avait manqué, avec une intensité qu'il ne pouvait ni étouffer ni définir. Et chaque heure de leur séparation l'avait convaincu qu'il devait trouver une solution efficace pour satisfaire ces besoins irrationnels tout en élaguant les bourgeons d'une émotion qu'il ne voulait pas ressentir.

Lorsqu'il croisa son regard, son pouls s'envola et son corps se crispa de désir. Il voulait changer de vie ; il changerait avec Monica. C'était si simple. Il ferait de leurs fausses fiançailles un vrai mariage. Monica posséderait tout ce qu'elle avait toujours désiré : une famille, la stabilité, la promesse d'un avenir solide. Quant à lui, il aurait Monica dans son lit, et quand la passion finirait par tiédir, il leur resterait leur partenariat, une loyauté sans faille, une amitié réelle. Ce ne serait pas l'accord sans âme que Brunetti avait voulu lui faire passer, et ce ne serait pas non plus l'histoire d'amour que ses parents avaient vécue, et qui avait brisé sa mère.

Monica le connaissait, peut-être mieux que personne, et elle comprendrait la portée de cette proposition. Il n'aurait jamais offert une telle option, à quiconque ; juste à elle.

— Où étais-tu ? lança-t-il alors qu'elle les rejoignait, lui, sa mère et son frère, sous le patio.

Elle embrassa la joue de sa mère puis enlaça Romeo par-derrière, souriant lorsque son cadet lui murmura quelque chose à l'oreille. Une jalousie acide cascada en lui. Lui aussi gagnerait cette affection si simple, un jour. Il voulait… Il la voulait, elle, officiellement, éternellement. Il voulait dire à sa mère d'organiser leur mariage, la semaine prochaine, demain. Il voulait l'emporter loin d'ici, en lune de miel ; et là-bas, il la disciplinerait de la façon la plus jouissive qui soit, pour l'avoir évité pendant des jours entiers, pour l'avoir puni de son silence alors qu'il avait désespérément besoin d'elle. Oui, il lui donnerait tant de plaisir qu'elle ne voudrait plus jamais se séparer de lui.

Après une éternité, elle pivota enfin vers lui, le menton têtu.

— Bonjour à toi aussi, Andrea. J'étais chez des amis. J'ai pris une pause, comme tu me l'as conseillé.

— Au point d'éteindre ton téléphone ?

— Je ne travaillais pas, et tu m'as ordonné de ne pas te déranger.

— C'est parce que tu as voulu me punir de m'être comporté comme un imbécile, c'est ça ? Ne t'inquiète pas, ça a marché.

La colère qui dansait dans ses yeux d'ambre s'éteignit, apaisée, peut-être, par l'aveu qu'il avait lâché à contrecœur. Elle s'assit et servit deux tasses de café. Son parfum de soleil l'avait déjà atteint, enivrant, et, agacé, honteux, alors qu'elle continuait de prendre soin de lui en glissant la tasse dans sa main, il se renfrogna, sans savoir que penser, que ressentir.

— Pourquoi as-tu des fleurs ?

— C'est un cadeau d'anniversaire de la part de Francesco.

Le silence retomba autour de la table.

— C'est lui, ton *ami* ? siffla-t-il. Quoi, tu es retournée le voir dès que nous nous sommes disputés ?

Elle releva la tête avec un regard noir. *Cristo*, pourquoi disait-il tant de bêtises, et rien de ce qu'il pensait vraiment ?

— Si tu crois ça...

— Non, la coupa-t-il en se frottant le visage, sans comprendre ce qui pouvait bien lui prendre. Ce n'est pas ce que je crois.

— Je suis sortie boire un verre avec mes amis, et Francesco était là aussi. Il est venu nous voir, s'est souvenu que c'était mon anniversaire, a voulu étaler sa nouvelle fortune. Il nous a commandé du vin puis il est allé m'acheter des fleurs en face du bar. C'était plus facile d'accepter que de l'envoyer paître.

Un autre regret à ajouter à sa longue liste. Non seulement il avait manqué son anniversaire, mais elle avait dû le fêter sans sa famille, et avec ce voyou qui, malgré tout, s'était montré moins égocentrique que lui-même.

Sa mère brisa la tension en posant une main sur son bras.

— Quatre ans, et tu ne nous as jamais dit la date de ton anniversaire, Monica ? Nous l'aurions fêté avec toi !

— Je sais que c'est un jour difficile pour vous, dit-elle en secouant la tête. Et puis, ce n'est sûrement pas mon véritable anniversaire. C'est juste la date à laquelle le père D'Souza m'a trouvée sur le parvis de l'église.

— Giovanni aurait été enchanté que l'anniversaire de sa mort puisse être un jour de célébration pour une personne aussi adorable que toi, Monica, dit sa mère, la voix tremblante, mais un véritable sourire aux lèvres.

— Nous le fêterons ce soir, ordonna Andrea.

Sa mère et Romeo acquiescèrent avec enthousiasme, mais Monica se contenta de le fixer, une main crispée autour de sa tasse de café. Elle ne dit rien, mais il sentait sa tension, sa fureur, et le contrôle qu'elle exerçait sur elle-même.

Il continua de l'observer, l'estomac noué par une prémonition vague, une angoisse croissante. Il sentait quelque chose de différent chez elle, une transformation ; une nouvelle barrière érigée entre elle et lui. Comme si elle n'était pas elle-même. Son regard était calme, bien différent de celui de la Monica qui, pendant quatre ans, avait porté toutes ses émotions, en transparence, sur son visage expressif.

— Tu veux bien m'excuser, Flora ? s'enquit-elle soudain en se relevant. Je ne me sens pas très bien. Je pense que je vais aller me doucher et dormir un peu.

Quand sa mère hocha la tête, Monica se détourna sans lui accorder un regard, dans un mouvement de congédiement qu'il ne lui avait jamais vu. Il la regarda s'éloigner, le cœur battant. Il savait qu'elle était forte, mais elle n'avait jamais utilisé son armure pour le garder à distance, et une angoisse diffuse s'épanouit dans ses veines. Il la vit tourner dans la direction opposée de sa suite, vers la chambre qui lui avait été attribuée pendant sa convalescence, et il serra les dents.

— Je crois que tu vas dormir sur le canapé, roucoula Romeo, toujours serviable.

— C'était son anniversaire, et tu l'as forcée à le passer avec un inconnu, déplora sa mère. Si tu ne veux plus d'elle, tu ferais mieux d'être honnête avec elle. J'ai l'intention de ne pas prendre parti.

— Pas du tout, Mama, dit-il en serrant sa main. Pour une fois, tu vas être non seulement impressionnée par la façon dont j'ai l'intention de me faire pardonner, mais aussi extatique.

Elle haussa les sourcils, et même Romeo sembla surpris, pour une fois. Andrea bondit, ignorant leur volée de questions, et s'éclipsa à son tour.

Monica se réveilla en sursaut, alertée par les coups légers portés à sa porte. Elle jeta un œil à son portable : il était plus de 18 heures. Elle s'empressa d'aller ouvrir la porte.

— Tu te sens mieux, après ta sieste ? s'enquit Andrea, un sourire aux lèvres.

Elle ne savait pas si elle avait le courage de l'affronter, pas dans un état aussi vulnérable que le sien, alors qu'elle avait reçu un appel de l'orphelinat ce matin, à propos du père D'Souza. Ce n'était pas une bonne nouvelle, et pourtant, elle avait l'impression que le destin avait choisi son moment avec une perfection douce-amère. Elle s'effaça pour laisser Andrea entrer, une boule dans la gorge. Elle savait ce qu'il lui restait à faire. Tout le week-end, elle avait songé à la meilleure façon de mettre un terme à ce qui les unissait, avec dignité, et avant que cette relation la consume. Le père D'Souza lui offrait une porte de sortie, et elle était libre de la suivre. Et pourtant…

Pourtant, Andrea s'était comporté différemment, ce matin. Il avait trahi de l'émotion, dissimulée sous les masques de la jalousie et de la colère. Elle avait dû faire appel à toute sa volonté pour quitter la table, même si elle savait, rationnellement, qu'elle avait besoin de distance.

Et maintenant, il glissait sa main sur sa joue, et caressait sa tempe, et elle ne pouvait qu'être enivrée de son odeur.

— Monica, dit-il, je me suis comporté comme un salopard. Pardonne-moi.

Instinctivement, elle se pressa dans ses bras, avide de prendre tout ce qu'il aurait la générosité de lui donner.

— Tu es pardonné, murmura-t-elle en se frottant contre sa poitrine.

En deux mois de relation, Andrea avait toujours saisi l'occasion de la toucher avec enthousiasme ; il avait provoqué tant de caresses, tant de jeux, tant de baisers. Les rares fois où ils avaient fait l'amour sans préliminaires étaient arrivées sur les talons de tourments indirects, d'attouchements secrets pendant leur journée de travail, de provocations susurrées à l'oreille... Mais aujourd'hui, il la fit reculer, doucement, mais fermement, et la dévisagea.

Elle se raidit, à la fois irritée de rencontrer de nouveau une frontière qu'elle ne pouvait traverser, et humiliée d'avoir mal interprété la situation. Il ne la laissa pas se détourner. Avec sa tendresse habituelle, il attrapa sa main.

— J'ai quelque chose d'important à te dire.

— Je ne suis pas d'humeur à parler.

— Tu es toujours d'humeur à parler.

— Pas aujourd'hui. Je te veux, toi.

Il haussa un sourcil et, d'un geste fluide, l'attira de nouveau vers lui pour prendre ses lèvres en enfouissant les mains dans ses cheveux, sur un baiser brûlant, frénétique, un baiser à donner le vertige. Oh ! comment pourrait-elle quitter cet homme sublime, possessif, irrésistible qui d'une simple caresse lui faisait oublier le monde entier, même le jour où elle devait prendre la décision la plus difficile de sa vie ?

Il rompit le baiser le premier, mais resta tout proche, si proche qu'elle sentit le souffle de ses mots frôler ses lèvres lorsqu'il rétorqua :

— Et t'ai-je jamais refusé quoi que ce soit ? Épouse-moi, Monica.

13

Elle ne dit rien, pendant très longtemps, si longtemps qu'il se demanda s'il avait vraiment posé la question à voix haute. Il s'était focalisé sur elle, depuis qu'il était entré dans la pièce, comme un satellite en orbite autour de sa beauté ; à retardement, il embrassa la pièce du regard et remarqua sa valise pleine, encore ouverte, sur le sol de la suite.

— Tu fais tes bagages ?

— Andrea...

— Pourquoi fais-tu tes bagages, Monica ?

Il croisa les bras, le cœur battant. Une étrange palpitation s'emparait de sa poitrine, comme un oiseau agitant ses ailes.

— Il faut que je parte, murmura-t-elle en détournant les yeux.

Choqué, il puisa dans ses ressources de patience, malgré la panique, et attrapa doucement son poignet. Il la scruta un instant, et remarqua enfin les cernes qui soulignaient ses grands yeux, les lignes d'inquiétude qui froissaient son front.

— Partir où, *bella* ? Et pourquoi n'en as-tu parlé à personne ?

— Je ne serais pas partie sans dire au revoir. Une de mes amies m'a appelée pour me prévenir que le père D'Souza a une pneumonie, et personne pour s'occuper de lui. Je veux y aller. Pour la première fois de ma vie, j'ai la possibilité de lui donner mon temps et mon énergie. Je ne veux pas le laisser tout seul.

Une bouffée de soulagement monta en lui, même si c'était

terrible pour le vieil homme. Mais le problème, au moins, pouvait être résolu, et il avait bien l'intention de le résoudre.

— Je m'en occupe, déclara-t-il en sortant son téléphone de sa poche. Je peux faire envoyer une infirmière à son chevet en moins d'une heure. Il ne sera pas tout seul.

— Une inconnue, plutôt que quelqu'un qu'il connaît ?

— Ah, je vois. Combien de temps comptais-tu rester ? Deux semaines ? Je vais t'accompagner. Tu pourras passer quelques jours avec lui, t'assurer qu'il a tout ce qu'il faut, et on profiterait même du voyage. Tu m'as dit que tu adorais New York en hiver : ce serait la parfaite lune de miel.

Elle cligna des yeux, visiblement abasourdie.

— Tu te moques de moi.

— Deux fois de suite, sur un sujet aussi sérieux ? Ce serait mal me connaître, *bella*.

Il lui saisit la main, envahi par le besoin étrange, presque désespéré, de la toucher, de la serrer contre lui, de la garder auprès de lui, quel qu'en soit le prix. Lentement, il l'entraîna vers le lit et s'assit sur le matelas. Quelque chose en lui s'apaisa instantanément lorsqu'elle le suivit sans protester et s'installa sur ses genoux en enfouissant son visage dans son cou. Elle tremblait, et il resserra son étreinte. Elle avait glissé ses bras autour de sa taille, comme une liane, même si elle envisageait de le quitter. Il releva son menton et l'embrassa, et toute l'urgence de ces derniers jours, de son absence, lui revint violemment. La tension qui emprisonnait sa poitrine ne faisait que croître, plus douloureuse à chaque instant.

Lorsqu'il rompit le baiser, elle suivit sa bouche et en déposa un dernier sur ses lèvres. Il enfouit une main dans ses cheveux et la scruta, les yeux dans les siens.

— Demain. Nous pouvons nous marier demain, si tu veux.

— Pourquoi veux-tu m'épouser, Andrea ?

Dans ses prunelles d'ambre, l'espoir se querellait avec le doute, et il devinait une détermination nouvelle qui lui faisait peur. Mais il avait une réponse très simple pour elle.

— J'aime t'avoir dans ma vie, Monica. J'aime pouvoir te faire entièrement confiance, et je pense que nous avons l'un pour l'autre une passion dont on fait rarement l'expérience. J'aime me dire que je pourrais te donner la famille et la sécurité dont tu rêves. Alors pourquoi pas ?

Ses yeux se remplirent de larmes ; elle les essuya rapidement, mais ne détourna pas le regard.

— C'est vrai. Mais je veux être aux côtés du père D'Souza aussi vite que possible.

— Ce n'est pas une réponse, Monica.

Elle inspira profondément et se dénoua du cercle de ses bras avant de se lever, face à lui, le menton haut.

— Tu n'as vraiment pas aimé que je disparaisse pendant deux jours, hein ?

— Non, mais...

— Tu veux m'épouser pour garder le contrôle sur notre relation. Tu vois ça comme un compromis, non ?

— Je n'ai pas *besoin* de t'épouser, *bella*. De quel compromis parles-tu ?

— Tu me donnes juste assez pour que je reste, sans avoir à te montrer vulnérable.

Elle secoua la tête, les yeux toujours brillants de larmes, mais elle rit doucement, avec un cynisme qu'il ne lui connaissait pas.

— Mes rêves ne sont pas les mêmes que lorsque j'ai commencé à travailler pour toi, ou même qu'il y a trois mois, quand tu m'as sauvée de Francesco.

— Alors quoi, tu ne crois plus au mariage, à la famille, à la stabilité ?

— Si, et tu ne peux pas savoir comme ton offre est tentante. J'aurais ta confiance, ta fidélité, l'amour de Flora et la compagnie de Romeo pour toujours. Je serais à toi comme je n'ai jamais été à personne. Mais rien de tout cela ne peut remplacer ce dont j'ai vraiment besoin. Tu m'as changée, Andrea. Avec toi, j'ai vécu plus intensément que je n'ai jamais vécu, et j'ai beaucoup appris sur moi-même. Sur ce que je veux, et ce que je mérite.

— Tu... Tu parles comme si tu voulais rompre.

Le constat le frappa de plein fouet. Son cœur rata un battement. Il se releva à son tour.

— Tu *veux* rompre, reprit-il en accusant le choc. Tu es revenue avec l'intention de rompre.

— Ce n'est pas ce que je *veux*, Andrea, mais je dois te quitter avant que tout cela s'envenime, que je m'accroche à toi malgré moi, et que tu me repousses de nouveau. Avant que je viole encore une fois cette muraille que tu as établie autour de toi. Avant que tu me brises le cœur.

Il cligna des yeux, submergé... Submergé par des ripostes laides, cruelles et amères qu'il ne voulait pas dire, qu'il ne voulait pas penser. Et après elles vinrent de pires images, de pires sensations : il avait l'impression d'être de nouveau dans cette voiture incontrôlable, criant à son père de tourner le volant, criant à son frère de baisser la tête, criant, hurlant et hurlant jusqu'à ce que sa voix meure dans sa gorge et que l'arbre prenne toute la place dans son champ de vision, et il se souvenait de la peur dans les yeux de son père, et de son cri, à lui aussi, son dernier cri, pour lui dire qu'il l'aimait, et puis... Et puis plus rien.

Plus de bruit. Plus de lumière. Plus de sensations, même pas celle de la poigne de son père autour de son poignet. Rien d'autre que les ténèbres. Quand il s'était éveillé, plusieurs jours plus tard, le monde était douloureusement coloré, trop brillant, et pourtant si vide qu'il avait souhaité que l'obscurité le reprenne pour toujours dans ses bras.

Il s'était juré qu'il ne ressentirait jamais une telle détresse, un amour si profond qu'en le perdant il serait tenté de sombrer dans l'oubli. Et pourtant, il était là, revenu à la case départ, incapable d'affronter la réalité, désespéré de perdre quelque chose contre lequel il avait lutté de toutes ses forces.

— Andrea, essaye de comprendre, dit-elle en tendant la main vers lui.

Il recula dans un sursaut, mû par un instinct de survie. Il se fit violence pour relever les yeux vers elle. La lumière du couchant suivait amoureusement les traits de son beau visage, et il se demanda combien son espace lui semblerait vide lorsqu'elle n'y serait plus.

— Non, je ne comprends pas, dit-il d'une voix atone, ignorant la peine si visible sur son visage. Mais c'est ta vie, ta décision, et tu ne me dois rien.

La peine disparut, remplacée par la colère. Devant lui, elle était incroyablement, douloureusement belle, brûlante d'une conviction nouvelle.

— C'est vraiment ce que tu penses ? s'exclama-t-elle, grandie par sa révolte. Si je te disais que j'étais amoureuse de toi, est-ce que tu voudrais toujours m'épouser ? Si je te disais que je n'accepterais rien de moins que ton amour, voudrais-tu toujours m'épouser, Andrea ?

Il aurait été moins choqué si elle l'avait giflé.

— Tu t'es déjà imaginée amoureuse, Monica, et nous savons tous les deux comment cette histoire s'est terminée.

À l'instant où ses paroles lui échappèrent, il aurait voulu les reprendre. *Cristo,* pourquoi laissait-il toujours ses mots dépasser sa pensée, lorsqu'il était avec elle ? Pourquoi continuait-il de la blesser alors qu'il ne voulait que la protéger, la choyer ?

Oh ! mais il savait pourquoi. Il savait pourquoi il l'attaquait toujours, dans l'espoir de la faire fuir. Il savait pourquoi il était bouleversé, torturé à l'idée de la perdre... Mais il ne pouvait pas prendre ce risque. Il se l'était juré.

Face à lui, elle lâcha un petit rire sans joie.

— C'est vrai. Voilà pourquoi je dois partir. Vu ce que je ressens, je ne peux pas rester avec toi, et je ne peux certainement pas t'épouser, alors que je ne suis pas certaine que mon cœur s'accroche simplement parce que je veux une famille. Alors que je ne sais pas si ma colère à ton encontre est justifiée, alors que je suis sans arrêt torturée par la possibilité de t'en demander trop, de dépasser les bornes.

Je ne veux pas d'une relation où la peur d'aller trop loin dicterait mes actes. J'ai le droit de demander ce que je mérite, d'égal à égal. Je ne veux pas… Je ne veux pas t'aimer et avoir peur de cet amour.

Elle secoua la tête.

— Alors je dois dire au revoir à la meilleure chose qui me soit arrivée. Je dois partir, même si je n'en ai pas envie, et espérer qu'un jour, je vivrais un amour sans condition, parce que c'est toi qui m'as fait comprendre que c'est ce que je mérite, Andrea. Même si tu ne peux pas me l'offrir.

Elle s'avança alors et embrassa sa joue, puis l'enlaça un instant pour presser son visage contre sa poitrine, comme s'il était à la fois le port et la tempête.

Et il ne pouvait le supporter. Il ne pouvait supporter de la sentir, de l'étreindre, de l'embrasser, alors qu'elle avait décidé de l'abandonner, seul, à la dérive dans la neige de nouveau. Alors, il la repoussa et quitta la chambre, avide de retrouver les ténèbres.

Andrea n'aurait jamais pu imaginer, même dans ses plus sombres cauchemars, qu'il souffrirait de l'absence de Monica avec tant d'intensité.

Bien sûr, elle avait, pendant trois ans, fait de sa vie une machine parfaitement huilée, anticipant ses moindres désirs avant qu'il ait à les verbaliser. Mais le professionnel n'était plus qu'un détail. C'était son humour qui lui manquait ; la façon qu'elle avait de le traîner à toutes ces nouvelles expériences qu'elle voulait tenter, alors qu'il s'était depuis trop longtemps habitué à rester enfermé ; le confort des soirées qu'ils avaient passées côte à côte, elle avec son tricot, lui avec ses sculptures ; la façon dont elle l'avait ramené à l'homme qu'il avait un jour été, un homme heureux.

Depuis l'accident, il s'était entièrement consacré à son travail, persuadé qu'il faisait honneur à son père. Mais il le voyait, maintenant, ce n'était pas ce que son père aurait voulu. Il ne lui avait jamais demandé de vivre comme une machine. Il avait simplement voulu qu'Andrea soit plus prudent lors des courses, qu'il limite les risques inutiles ; qu'il pense aux autres avant de penser à lui-même. Et en retour, comme punition, Andrea s'était juste transformé en une statue distante, une version que son père aurait tout autant critiquée.

Il lui aurait dit que son existence était faite pour être vécue, avec les gens qu'il aimait, que son cœur n'était pas qu'un organe destiné à le garder en vie. Et que restait-il de sa vie, sans Monica ? En quoi cette vacuité sombre était-elle plus enviable que la lumière et le rire qu'elle lui avait apportés ?

La fusion avait été signée, la production de la nouvelle usine avait commencé, et pourtant, il ne ressentait aucune fierté. Il ne voulait qu'une chose : entendre sa voix, encore une fois, la revoir et la serrer contre lui. Il savait que Romeo était en contact avec elle, mais il refusait de lui demander de ses nouvelles. La situation était déjà assez inconfortable comme cela : ni lui ni sa mère n'osaient parler d'elle ou croiser son regard, et, si Mama lui avait promis qu'elle ne prendrait pas parti, son déplaisir était clair.

Pourtant, à mesure que les semaines s'égrenaient, le peu de fierté auquel il s'était raccroché s'évanouit tout à fait. Pendant quelques heures, il décida qu'il irait à New York pour lui offrir son soutien pendant qu'elle s'occupait du père D'Souza, sans aucune condition. Il ne lui demanderait rien…

Mais il se souvenait de son expression, de ses yeux pleins d'angoisse lorsqu'il lui avait dit qu'elle s'était déjà crue amoureuse. *Cristo*, il avait été si cruel de la provoquer avec ce qu'elle pensait être une de ses faiblesses. Elle avait réagi avec courage et détermination, sa féroce petite souris, et elle s'était détournée de lui, en toute connaissance de cause, détournée d'un avenir doré qu'il avait dépeint en usant de ses peurs les plus intimes. Elle s'était écoutée, et elle avait pris la meilleure décision pour elle-même. Comment pouvait-il déroger à sa demande et la suivre à New York alors qu'elle voulait de l'espace, qu'elle voulait trouver sa vérité ?

Soudain, il comprenait le dilemme auquel elle avait dû faire face. S'il l'aimait vraiment, comme il le réalisait plus douloureusement chaque jour, il devait lui laisser le temps qu'elle avait demandé. Il l'attendrait. Il ne pouvait qu'espérer que, lorsqu'elle aurait trouvé les réponses qu'elle cherchait, elle voudrait bien revenir à lui et lui laisser une dernière chance. Juste une chance, et il lui offrirait le monde.

L'attente ne faisait qu'allonger la torture, et la rendait plus intolérable. Les reproches silencieux de Mama et de Romeo s'évanouirent petit à petit, apaisés, peut-être, par la souffrance qu'ils lisaient sur son visage.

Puis, un jour, alors qu'il travaillait sur une pièce de bois dans le nouvel atelier qui ne lui donnait que bien peu de plaisir sans la compagnie de Monica, une idée lui vint. Il lui offrirait la seule chose qu'elle ait osé lui demander, et peut-être comprendrait-elle son message : que tout ce qui lui appartenait, son âme, son esprit, son corps et son cœur étaient à elle, si elle les désirait toujours.

14

Cela faisait trois semaines que Monica était revenue en Italie, où elle travaillait de nouveau comme assistante de direction au sein de Valentini Luxury Goods ; sauf qu'au lieu de seconder le PDG, elle offrait ses services au directeur de création, qui n'était autre que Romeo. Travailler pour lui, dans son studio, où il n'autorisait la présence de personne d'autre, n'avait pas suffi à apaiser sa peur de croiser Andrea. Ou désirait-elle le voir, en réalité ?

Elle avait passé deux mois à s'occuper du père D'Souza. Non seulement il s'était remis, mais il était même retourné au travail à l'orphelinat avec l'énergie d'un bulldozer plutôt que d'un homme de soixante-treize ans. Et soudain, elle s'était retrouvée face à ses démons. Elle avait le cœur brisé, et sa vie n'était pas à New York. Même au chevet du père D'Souza, avec toute sa dévotion et son amour, elle avait su qu'elle retournerait en Italie, où ses amis et sa famille résidaient.

Le regard d'Andrea, lorsqu'elle lui avait dit qu'elle partait, l'avait hantée sans relâche. Elle ne pouvait s'empêcher de se demander si elle avait pris la mauvaise décision, si elle avait rejeté le bonheur en mettant en doute ses sentiments. Constamment, elle imaginait à quoi ressemblerait sa vie si elle avait osé dire oui. Seraient-ils déjà mariés ? Auraient-ils été heureux, ou, au contraire, se serait-elle réveillée un matin avec la conviction soudaine qu'elle n'était qu'un rouage dans la machinerie de sa vie, un outil pratique, facile, adéquat ? Aurait-elle pu être heureuse, en sachant qu'elle l'aimait mais qu'il ne lui rendrait jamais son amour ?

Il n'y avait qu'une réponse à cette question, aussi douloureuse soit-elle : elle avait bien fait de partir, même si elle en souffrait terriblement.

Une chose était certaine : elle ne pouvait pas tourner le dos à sa vie en Italie, simplement parce qu'elle avait peur de lui faire face. Elle était toujours liée à Flora, à Romeo ; d'une certaine façon, liée à Andrea. Elle devrait peut-être un jour accepter une réalité dans laquelle Andrea trouverait une autre compagne. Peut-être qu'elle-même passerait à autre chose, un jour, même si elle peinait aujourd'hui à imaginer un monde où elle n'aimerait pas Andrea de toute son âme. Au moins, la distance et le temps l'avaient convaincue de la sincérité de ses sentiments.

Alors, elle avait pris son courage à deux mains et était retournée à Milan. Elle avait demandé à Romeo de l'aider à trouver un nouveau poste, à prendre un nouveau départ. Romeo, qui n'avait pas perdu le sens des affaires, lui avait dit qu'il serait bien mécontent de laisser des talents comme les siens aller à leurs concurrents, surtout compte tenu de sa familiarité avec la culture de l'entreprise et de ses systèmes organisationnels. Elle avait d'abord insisté pour qu'il trouve un autre poste, mais elle s'était fait une raison : si elle ne voulait pas couper les ponts avec les Valentini, elle finirait par croiser Andrea, tôt ou tard.

Et hier, alors que se déroulait une autre journée sans couleurs, un petit colis était arrivé à son bureau, dans le studio de Romeo. La boîte était un peu cabossée, et elle comprit rapidement pourquoi : elle avait été envoyée à l'orphelinat, à New York, où elle avait dû manquer Monica de quelques jours à peine. C'était le père D'Souza qui l'avait fait suivre jusqu'ici.

Les mains tremblantes, Monica détacha les couches de scotch et déroula lentement le papier bulle ; au centre l'attendait une sirène en bois sombre.

Les yeux remplis de larmes, elle caressa les contours délicats de la sculpture, émerveillée par le détail de son art. Puis, elle déplia la note qui l'accompagnait, écrite de cette plume qu'elle connaissait si bien :

Demande-moi ce que tu veux, bella. Je t'attends.

Elle avait serré la sirène contre sa poitrine, le cœur déchiré par l'espoir. Il lui avait donné ce qu'elle avait demandé ; il lui donnait toujours tout ce qu'elle désirait, si elle était assez courageuse pour en faire la demande.

Et maintenant, elle était là, dans la suite qu'ils avaient partagée, au cœur de la demeure familiale. Elle ne savait même pas s'il serait là ce soir, mais elle voulait le surprendre. Elle était occupée à regarder les nouvelles sculptures, sur son bureau, étonnée d'en découvrir plusieurs travaillées pendant leur séparation. Son cœur battait douloureusement, comme il le faisait toujours quand elle pensait à lui, lorsqu'une voix la fit sursauter :

— Devrais-je appeler la police pour cette intrusion, mademoiselle D'Souza ?

Elle fit volte-face, prise de vertige. Andrea était là, adossé à la porte de la chambre, avec dans les yeux l'étincelle impie qui ne manquait jamais de la faire brûler vive. C'était le regard qu'il lui offrait quand il voulait la provoquer, la faire jouir… Lorsqu'il la voyait, elle, la véritable elle, celle que personne ne voyait jamais réellement.

Il ne s'était pas rasé depuis quelques jours, mais il était plus sublime et magnétique que jamais. Il portait sa chemise avec quelques boutons ouverts, et son pantalon noir soulignait ses cuisses puissantes.

— Tu as une sale tête, dit-il en avançant vers elle.

Elle glissa une mèche derrière son oreille, déplorant soudain de ne porter qu'un jogging et le pull en laine italienne qu'elle lui avait volé. Elle avait réagi immédiatement, par instinct ; elle avait besoin de le voir. Mais, à mesure qu'il s'approchait, sa nervosité s'envola. Dans son orbite, sous son regard, elle n'était jamais moins qu'elle-même, tout entière, quoi qu'elle porte, quoi qu'elle fasse. Les épaules droites, elle releva le menton.

— Je n'ai pas été très bien, c'est vrai. Émotionnellement.

— Mais tu vas assez bien pour t'infiltrer dans ma maison quand ma famille n'y est pas… Avais-tu l'intention de me cambrioler ?

— Je ne vole rien. J'ai juste laissé deux ou trois choses ici, et elles sont à moi, bluffa-t-elle.

— Comme quoi ?

— Comme le collier que tu as choisi pour moi.

— Pourquoi vouloir le collier, alors que tu ne voulais pas de moi ?

Elle lâcha une exclamation indignée.

— Je n'ai jamais dit que je ne voulais pas de toi ! J'avais juste besoin d'un peu de distance. Je voulais être certaine que ce que je ressentais pour toi était différent de ce que je m'étais inventé avec Francesco. Je voulais m'assurer que j'avais bel et bien grandi, que j'avais compris mes besoins et mes désirs. Et j'avais raison.

Il s'arrêta face à elle. Elle pouvait sentir le parfum enivrant de sa peau, de son savon, et ses genoux flageolèrent.

— Comment avais-tu raison, *bella* ? s'enquit-il avec une tendresse infinie.

D'ici, elle pouvait voir qu'il n'avait pas vécu leur séparation mieux qu'elle : émacié, il avait les yeux lourdement cernés ; il semblait dévasté, si différent de l'homme intense et énergique qu'elle adorait si profondément. Elle avait appris, ces dernières semaines, à se faire confiance ; elle entendait, dans sa voix, la façon dont lui aussi faisait l'effort de s'exprimer malgré la douleur, et elle comprit qu'elle lui avait manqué comme il lui avait manqué, et qu'il avait souffert comme elle de son absence. Quand Andrea Valentini s'investissait dans quelque chose, il le faisait de tout son cœur, de toute son âme. Et cette conviction lui donna le courage de lui avouer tout ce qu'elle ressentait pour lui :

— J'avais raison de penser que j'étais amoureuse de toi, Andrea, et que ces sentiments que j'ai pour toi…

Elle frotta sa poitrine, où son cœur battait trop fort.

— Ces sentiments que j'ai pour toi sont si vrais que je ne pense qu'à toi, je ne vois que toi, je ne sens que toi, même quand tu n'es pas près de moi. Ce que je ressens pour toi, Andrea, m'a rendue plus courageuse, plus forte, m'a découverte à moi-même. Avec toi, je veux être la meilleure version de moi-même. Alors, bien sûr, je sais que j'aurais été absolument misérable si je t'avais épousé sans que tu puisses m'aimer en retour.

— Même si je te dis vraiment ce qu'il s'est passé ce soir-là, quand j'ai provoqué la mort de mon père ?

— Je sais déjà ce qu'il s'est passé le jour de l'accident. Je sais que pendant des mois, tu as peiné à croiser le regard de Flora. Que toi et Romeo vous êtes presque perdus l'un l'autre, pendant les mois qui ont suivi. Et je sais que le deuil a fait de toi un homme meilleur, un homme dont ton père aurait été fier. Quoi que tu penses avoir fait, Andrea, cela ne mettra pas en péril mes sentiments pour toi.

— Et pourtant, au lieu de venir me faire face, tu es rentrée en Italie et tu es allée travailler avec mon frère, sous mon nez... Pourquoi donc, *bella* ?

Quelque chose, dans sa voix, la fit lever les yeux et scruter son visage dans la pénombre du crépuscule. Il savait donc qu'elle était de retour, qu'elle travaillait pour son frère... Une étincelle d'espoir prit corps dans sa poitrine.

— C'était ton idée, murmura-t-elle. Que je travaille pour Romeo. Et mon billet de retour ? C'est toi qui l'as fait réserver, à travers lui ?

— *Si.*

— Pourquoi ? Pour que je te sois plus redevable encore ?

— C'est vraiment ce que tu penses, Monica ? murmura-t-il, son souffle chaud sur sa joue.

Leurs bouches étaient si proches qu'elle pouvait imaginer sans peine le poids et l'ardeur de ses lèvres capturant les siennes, et oh, elle aurait tout donné pour le toucher, pour l'embrasser. Quant à la vérité, elle la voyait dans son regard.

— Non... Non, admit-elle. Je pense que tu voulais simplement que je puisse prendre le temps de revenir, d'avoir un espace où je me sentais en sécurité. Tu voulais me montrer que ni Romeo ni Flora ne s'étaient détournés de moi. Et que toi non plus...

— Je ne me suis pas détourné de toi, acquiesça-t-il.

Elle peina à ravaler le sanglot qui montait en elle. Si proche de lui, elle serra les poings contre sa poitrine dure. La sensation de sa peau lui fit l'effet d'une délicieuse brûlure.

— Pourquoi ? Pourquoi fais-tu tant de choses pour moi ?

— Tu as un esprit très aiguisé, *bella*. Pourquoi ne vas-tu pas jusqu'au bout du raisonnement ?

— Non, dit-elle en souriant, les yeux pleins de larmes. Je veux te l'entendre dire, Andrea. Toute ma vie, j'ai rêvé d'être désirée pour moi-même, de trouver ma place. Mais tu m'as appris que je ne voulais pas être désirée par n'importe qui, et que ma place n'était pas n'importe où. Avec toi, je veux plus. Je veux le monde entier. Je veux...

Elle ouvrit le poing et pressa sa main ouverte sur le rythme fou de son cœur.

— Je veux tes mots, parce que je sais que tu ne les prononces jamais à la légère.

Il sourit alors, et elle pouvait voir son cœur dans ce sourire.

— Tu essayes toujours tes nouvelles griffes ?

— Seulement parce que je sais que tu les adores, dit-elle avec un petit rire.

Son regard gris sombre soutint le sien, et, d'un geste très tendre, il attrapa sa main. Il lui fallut un peu de temps : une fois, deux fois il ouvrit la bouche, puis la referma aussitôt, comme si les mots ne pouvaient exprimer tout ce qu'il ressentait. Finalement, lorsqu'il prit la parole, sa voix était douce, basse et pleine d'amour :

— Mon cœur, mon corps, tout ce que je possède est à toi, Monica. Je suis navré d'avoir mis tant de temps à le voir, tant de temps à comprendre combien j'avais besoin de toi. Tu ne m'as pas simplement transformé, *bella*, tu m'as ramené à la vie. Tu m'as complété avant que je comprenne ce que cela signifiait.

Lorsque Monica avait rêvé de cet instant, ces dernières semaines, elle s'était vue rire et crier de joie ; mais la réalité était bien différente. Elle ne pouvait que se taire, pendue à ses lèvres, le cœur battant d'angoisse à l'idée qu'il puisse encore la fuir, malgré les sentiments qu'il lui portait.

— C'est la chose la plus difficile que j'ai faite de ma vie, tu sais, d'attendre que tu viennes à moi, en espérant que tu veuilles être à mes côtés comme je veux être aux tiens. Je te donnerai des mots, des actes, des promesses et des cadeaux, si tu veux bien me donner une nouvelle chance, *bella*. Je te donnerai tout, tout de moi.

Elle ne pouvait se retenir plus longtemps ; elle jeta ses bras autour de son cou et pressa sa bouche contre la sienne, les joues baignées de larmes, emportée par le goût de ses lèvres, la forme de son corps, l'ardeur de son étreinte lorsqu'il lui répondit au centuple, dans un baiser brûlant, possessif, un baiser dont elle rêvait depuis des semaines.

Tremblante, pantelante, Monica s'agrippa à ses épaules en se frottant contre ce corps qui lui avait tant manqué.

— Je te veux, *bella*, murmura-t-il d'une voix rauque, aussi urgente que ses caresses.

— Oui, maintenant, s'il te plaît, dit-elle.

Elle l'aida à baisser son jogging, qu'elle envoya valser d'un coup de talon. Lorsqu'il la souleva dans ses bras, elle referma les cuisses autour de sa taille et le laissa presser son dos contre le mur. D'un coup de reins, il la pénétra soudain et Monica se cogna la tête contre le mur ; il jura tout bas et glissa sa main sous sa tête, mais elle rit de son inquiétude ; la douleur ne faisait qu'exacerber le plaisir brûlant qu'il faisait naître en elle.

Mais elle ne voulait pas manquer une seconde de leurs retrouvailles, pas une seconde. Elle attrapa son visage entre ses mains et plongea son regard dans le sien.

— Dis-le-moi encore une fois, murmura-t-il.

— Je t'aime, Andrea, dit-elle, une fois, deux fois et de plus en plus fort, encore et encore sur le rythme de ses va-et-vient, jusqu'à ce qu'elle se consume comme une étoile dans le ciel et qu'il la rejoigne avec un cri rauque.

Il semblait à Andrea que des heures avaient passé, mais il ne s'agissait, en réalité, que de quelques minutes, après qu'ils eurent pris une douche ensemble et qu'elle se fut lovée sur ses genoux, dans le fauteuil où elle l'avait si souvent rejoint, ces derniers mois. Maintenant qu'il pouvait la toucher, savourer son poids entre ses bras, entendre sa voix, le monde avait de nouveau un sens. La joue contre son cœur, Monica se pelotonna contre lui comme si elle ne voulait jamais le quitter… Et, *Cristo*, il espérait que c'était le cas.

— Dis-moi, Andrea, murmura-t-elle. Je connais ton cœur, mais je veux te l'entendre dire.

Il releva son menton, et, plongé dans son regard d'ambre, Andrea vit toute la beauté de son avenir.

— Je t'aime aussi, *bella*. Je le savais déjà quand tu es partie, mais je n'avais pas le courage d'y faire face. Je ne voyais que la souffrance et la perte que je risquais en t'aimant, alors même que je te perdais déjà. Tu es peut-être plus jeune, mais c'est toi qui as pris la bonne décision, et qui avais raison depuis le début. C'est seulement après que tu m'as quitté que j'ai compris pourquoi il était si facile pour moi de proposer le compromis fallacieux du mariage. Tu avais raison. J'essayais de tricher. Pour toi, et pour moi aussi.

— Alors tu… Tu veux toujours m'épouser ?

Elle avait parlé d'une voix si fragile qu'il ne put que la serrer contre lui, de toutes ses forces.

— Bien sûr. Plus que tout au monde. Je veux être à toi, puis je veux une famille avec toi, si tu le veux aussi. Je veux t'aimer chaque jour pour le restant de nos vies. Tu m'as changé dès que tu es entrée dans ma vie, *bella*, et je suis impatient de voir ce que la vie nous réserve.

— Alors oui, dit-elle en souriant à travers ses larmes, oui, je veux t'épouser.

Andrea l'embrassa encore et encore, sécha ses larmes, et se jura de ne plus jamais la faire douter d'elle-même ou de l'amour qu'il lui portait.